皇帝の薬膳妃

朱雀《すざく》の宮と竜胆《りんどう》の契り

尾道理子

角川文庫
23158

目次

用語解説と主な登場人物

伍堯國《ごぎょうこく》

麒麟の都を中央に置き、北に玄武、南に朱雀、東に青龍、西に白虎の五つの都を持つ五行思想の国。

四公《しこう》

東西南北それぞれの地を治める領主。重臣として国の政治中枢にも関わる。

玄武《げんぶ》……医術で栄える北の都。

- **玄武公 亀氏《きし》** 玄武の領主。絶大な財力で国の政治的実権をも握る。
- **濤麗《とうれい》** 董胡の母。故人。
- **華蘭《からん》** 亀氏の愛娘で、董胡の異母妹。翔司と懇意。
- **茶民《ちゃみん》** 董胡の侍女。貯金が生き甲斐《がい》。
- **壇々《だんだん》** 董胡の侍女。食いしん坊。
- **雄武《ゆうぶ》** 玄武公の次男。麒麟寮で学んでいた。
- **董胡《とうこ》** 性別を偽り医師を目指す少女。「人の欲する味が五色の光で視える」という力を持つ。
- **鼓濤《ことう》** 董胡と同一人物。玄武の姫として皇帝に輿入れする。
- **卜殷《ぼくいん》** 小さな治療院を営む医師。董胡の親代わりであり師匠。
- **楊庵《ようあん》** 董胡の兄弟子で、幼い頃からともに暮らす。

麒麟《きりん》……皇帝の住まう中央の都。国の
統治組織を備えた王宮を有する。
また、天術を司る皇帝の
血筋の者も「麒麟」と呼ばれる。

- **黎司《れいし》** 現皇帝。うつけの乱暴者と噂される。
- **翔司《しょうし》** 黎司の異母弟。
粗暴とされる兄を憎む。
- **孝司《こうし》** 先帝で黎司と翔司の父。
生前は玄武公の傀儡《かいらい》となっていた。
- **凰葉《おうは》** 黎司の母。故人。朱雀の血筋。

白虎《びゃっこ》……商術で栄える西の都。

- **白虎公 虎氏《こし》** 白虎の領主。玄武公と
結託し、私腹を肥やす。

朱雀《すざく》……芸術で栄える南の都。

- **朱雀公 鳳氏《ほうし》** 妓楼を営み
隠居生活をしていたが、
兄が病に倒れたため、
朱雀公に。
- **朱璃《しゅり》** 父の妓楼で芸団を楽しんでいたが、
朱雀の姫として皇帝の妃に。
- **禰古《ねこ》** 朱璃の侍女。
朱璃のことが大好き。

青龍《せいりゅう》……武術で栄える東の都。

序

その昔、伍尭國《ごぎょうこく》と呼ばれる豊かな国があった。

その国は医術をおさめる玄武《げんぶ》、武術をおさめる青龍《せいりゅう》、芸術をおさめる朱雀《すざく》、商術をおさめる白虎《びゃっこ》の四領地を持ち、中央で天術をおさめる麒麟《きりん》の血筋を持つ皇帝が統治していた。

天術による先読みの力を持つ初代皇帝により築き上げた安寧の国であったが、世代を重ねるごとにその力は弱まり、いつしか皇帝は四領地の貴族達の利権に動かされる傀儡《かいらい》となりつつあった。中でも医術によって富と権力を膨らませた玄武公によって国の均衡は崩れ、混乱の時代を迎えようとしていた。

そんな時代に第十七代皇帝に即位したのは、歴代随一のうつけと噂される黎司《れいし》だった。黎司にはこれまでの習わしに従い、四領地からそれぞれ一の姫が后《きさき》として召し出される。

その玄武の后となったのが、男装して薬膳師を目指していたはずの平民・董胡《とうこ》だった。正体を隠して后・鼓濤《ことう》として皇帝に仕える董胡だったが、弟宮の擁立を目論《もくろ》む玄武公によって命を狙われる黎司を、いつしか陰ながら支える存在になっていた。

そうして一つの危機を乗り越え、侍女たちとしばし穏やかな日々を過ごす董胡は、妓《ぎ》楼《ろう》街として栄える朱雀の地に、再び新たな嵐が吹き荒れようとしていることには……まだ気付いていなかった。

一、神嘗会の宴

伍尭國の中心にある土宮では、昨晩から夜通し厳《おごそ》かな笙《しょう》の音が響いている。
夜半に始まった五穀豊穣《ごこくほりじょう》を寿《ことほ》ぐ神事が、皇宮の殿上《てんじょう》の間に設けられた祭壇で粛々と執り行われていた。

新米で醸《かも》した白酒《しろき》黒酒《くろき》をはじめとして、米飯、鮮魚、干物、果物などを葛《かずら》で編んだ筥《はこ》に納め、采女《うねめ》が長い行列を作って祭壇に運び込む。そして皇帝はそれらの神饌《しんせん》一つ一つに気の遠くなるような長い儀式と奏上を繰り返しながら神に捧《ささ》げる。年に一度の収穫祭の季節だった。

皇宮の一画にある御内庭《ごないてい》では神官たちが入れ替わりながら座して並び、儀式のあいだ絶やすことなく笙を奏で続けなければならないらしい。

皇帝と神官と采女だけで行われる儀式は、最後に皇帝が皇宮の三階部分にある祈禱《きとう》殿にすべての神饌を奉納することで完了する。

そして翌朝に終わる儀式を経て、昼過ぎから大庭園に貴族を集めて饗宴《きょうえん》を開き、臣下に収穫したての新米をふるまう。ここまでを含めて神嘗会《しんじょうえ》と呼ぶそうだ。

「まあ……。なんて豪奢《ごうしゃ》なお輿《こし》かしら……」

「あれを見てくださいまし、鼓濤様！　皇太后様の輿ですわ」

侍女二人の感嘆の声に誘われ、董胡は御簾《みす》を出て一応扇で顔を隠しながら御座所《おましどころ》の隣の小部屋に入り込んだ。広縁のある御座所よりも格子小窓のある侍女部屋の方が中庭がよく見える。だからといって高貴な姫君が侍女の部屋に足を踏み入れることなど本当はあり得ないことなのだが、董胡に限ってはそんな常識も無用のものとなりつつあった。

「あれが皇太后様の輿？　すごいね」

格子小窓の向こうには亀甲《きっこう》紋のはいった漆細工の屋根から金の房がぐるりと垂れ、色鮮やかに編まれた御簾と煌《きら》びやかな錦《にしき》の織物で装飾された豪華な輿が、大勢の括袴《くくりばかま》姿の従者によって運ばれていくところだった。

一の后として輿入れした鼓濤よりも一回り大きく、数倍豪華な輿だった。

この輿の格差が玄武の宮での鼓濤の立場を表している。

おそらく玄武公溺愛《できあい》の娘、華蘭《からん》であれば皇太后と引けをとらぬ輿に乗せたはずだ。

董胡は改めて自分の立場の危うさを感じた。

だが二人の侍女が気にしているのはそこではなかった。

「神嘗会の宴《うたげ》に向かわれるのだわ。不躾《ぶしつけ》ながら私も参加しとうございました」

「一年の中でも一番御馳走《ごちそう》のふるまわれる宴だそうですわ。羨《うらや》ましい……」

「秋の収穫を寿ぐ宴ですもの。神事ゆえに神楽《かぐら》の舞などもあるそうですわ」

「神官様の舞を見る機会など滅多にございませんもの。見てみたかったですわ」

先日から茶民《ちゃみん》と壇々《だんだん》はそのことばかりを愚痴っている。

貴族の集う大饗宴に参加したかったらしい。

「なぜ皇帝陛下の初めての神嘗会に、皇太后様が出席して鼓濤様が不参加なのですか？」

「陛下の一番寵愛《ちょうあい》深い姫君でございますのに……」

突き詰めていくと、そこが一番引っかかっているようだ。

「寵愛と言っても饅頭《まんじゅう》を食べにきているだけだしね。帝《みかど》の皇后が決まっていない今は、一の后といえども側室の一人に過ぎない。しょうがないよ」

神事の宴に無条件で出席が定められている姫君は、皇太后と皇后だけだ。

他の姫君は陛下の招命があれば出席できるが、なければ后宮《きさきぐう》で笙の音だけを遠くに聴いて過ごすことになる。

「ですが、それならどうして朱雀のお后様はよばれましたの？」

「それでございます。四后の中で朱雀のお后様だけ招命されたそうですわ。納得できません」

伝え聞いた噂によると、今回の大饗宴には朱雀の一の后だけ招命を受けたらしい。

饅頭目当てとはいえ、一番お渡りの多い玄武の后・鼓濤はよばれなかった。

早くも玄武の后に飽きたのではと、様々な憶測が王宮内を飛び交っている。

「やはりあれが良くなかったのですわ！」

「あれに違いありません。恐ろしや……。なんてこと……」

侍女二人は悲愴《ひそう》な顔で肯《うなず》き合っている。

「あれ？」

董胡はわざととぼけて聞き返した。

「分からないのでございますか鼓濤様？　先日のお渡りのあれでございますよ！」

「もう終わりですわ……。やはり陛下はあれで気を悪くなさったのです」

二人の侍女が言わんとしていることは、董胡にも分かった。

「不躾ながら……御簾から逃げ出す姫君など聞いたこともございませんわ！」

「陛下はもう鼓濤様を嫌いになってしまわれたのかしら。ああ……恐ろしいこと……」

先日のお渡りで、陛下が御簾に入ってこようとした時に思わず隣の侍女の控え部屋に逃げてしまった。そのことを言っているのだろう。

「でもその後も特に怒っておられるようではなかったと思うけど……」

実のところ、董胡は別の驚きに動揺していて、陛下のご機嫌がどうだったかまで感じ取る余裕などなかった。だからはっきり断言できるわけではない。

「仕方なく大人の対応をなさっただけかもしれませんわ」

「実は猛烈に怒っていらっしゃったのかも……。ああ、私たちはどうなりますの？」

「もうご寵愛なんて絶望ですわ」

「二度とお渡りがないのでしょうか……」

それ以来、侍女達は口を開けばそこに行き着く。后の失態は侍女の責任だ、と年下の侍女達に懇々と説教されて、次に御簾に入られた時はどのように接すればいいのか、教示を頂ける人物を探しているらしい。

結局のところ、二人も何が正解なのかは知らないのだった。

本来、侍女頭《じじょがしら》が取り仕切るべきなのだが、一時的な替え玉后のつもりの鼓濤には、いまだに玄武の黒水晶《くろすいしょう》の宮から派遣されてくる兆しもない。

つまり玄武公は、現皇帝の治世が間もなく終わるものと読んでいる。あるいは、何としても終わらせるつもりなのだろう。

「私は陛下のお渡りが途絶えてもいいと思っているよ」

鼓濤は皇帝と敵対する玄武公の娘なのだ。そんな所に通ってくる方がどうかしている。

「まあ！　なんと気弱なことを！　朱雀のお后様などに負けてどうするのですか！」

「そうですわ。まだ戦いは始まったばかりなのですもの……」

朱雀の后と戦うつもりも、気弱になっているわけでもないが、董胡はもう陛下が来なければいいと思っている。なぜなら……。

(陛下は本当にレイシ様なのだろうか……)

先日、燭台《しょくだい》が照らす薄明かりの中で見た帝の横顔はレイシとよく似ていた。

だが時間が経つにつれて見間違いだったようにも感じている。

皇宮で働く神官だと、レイシの側近である翠明《すいめい》は言っていた。

自分と同じように身分を偽ったのだろうか？　なんの為に？

いや、皇帝の正体を一介の医官に教えることなどできないのも当然だ。

レイシが帝であれば納得できる部分もあるが、そんな訳はないという気もする。

考えれば考えるほど、訳が分からなくなって混乱してしまう。

一つだけはっきりしていることは、鼓濤が董胡であることを知られてはいけないということだ。皇帝がレイシであってもなくても、いずれ鼓濤という后は消えるべき存在だ。

血筋も怪しいうえに平民育ちの董胡が皇帝の寵愛など受けてはならない。

それがレイシであれば尚更《なおさら》、絶対にあってはならない。ただ……。

「不躾ながら……陛下は……朱雀のお后様を見初められたのかしら……」

「朱雀は美形揃いと聞きますもの……。心奪われておしまいになったのだわ……」

つきん、と董胡の心の奥深いどこかが痛んだ。

帝に心許せる姫君が出来たなら喜ばしいことなのに、心の一部が沈んでいる。

董胡にはそれが、自分の心の底にいつの間にか巣くった醜い闇に思えた。

慌てて闇を振り払う。

「朱雀の侍女頭の話だと、ずいぶんお美しい姫君のようだからね。仕方ないよ。だいたい考えてもみてよ。平民暮らしで男装までしていた私が帝の寵愛を受けるなんてあるはずないでしょ？　これで良かったんだよ。二人には申し訳ないけど、もう諦《あきら》めてよ」

董胡は何度も言っているのだが、二人の侍女は諦めきれないようだった。

「そりゃあ確かに言葉遣いや所作など、問題は多数ございますけど……」

「でも黙っていれば朱雀のお后様にも負けない美貌《びぼう》ですわ！　自信を持ってくださいませ」

日増しに董胡への期待を膨らませる侍女達に、やれやれと頭を抱えていると、部屋の外から声がかかった。

「茶民様、壇々様。大膳寮《だいぜん》より祝い膳が届きました。御膳所《ごぜんしょ》にお運びしましたが……」

侍女部屋の外廊下にいる一の后付きの女嬬《めのわらわ》だった。

この一の后宮には貴族侍女の茶民と壇々の他に輿入れの時に連れてきた平民の女嬬が五人いる。他に貧民の雑仕《ぞうし》が八人。それがすべての、極端に人の少ない宮だ。

皇太后の二の后宮には侍女頭をはじめとして他に侍女が三名、女嬬が六名、雑仕が十二名の二十二名を基本として、他にも専属医官やら専属膳仕やら専属縫仕やら大勢の従者がいるらしい。鼓濤も百人まで召し出せる木札を皇帝から頂いているが、今のところ医官・董胡と侍女頭代理・董麗《とうれい》の木札を出すにとどまっており、人数の増加はない。

「ありがとう。ご苦労様」

部屋の中から聞こえた鼓濤の声に、女嬬がぎょっとしている気配がした。

まさか侍女部屋に一の后がいるとは思わなかったのだろう。

「は、はい。失礼致しました、姫様」

女孺たちは鼓濤に直接声をかけてはいけない決まりになっている。用がある時は、侍女を通して知らせる。入浴などの介助はするものの、姫君と目を合わせるようなことがあれば、無礼を働いたと罰せられることもあるそうだ。実際に黒水晶の宮では、鼓濤の異母妹・華蘭に罰を受けた者は数えきれない。そのせいか、連れてきた女孺たちもよく教育されていた。

侍女の茶民と壇々とはずいぶん打ち解けたものの、女孺には話しかけても目を伏せて肯くぐらいで、いまだに名前すら知らない。雑仕にいたっては、視界に入ったこともない。

貴族世界はそういうものらしい。

平民暮らしだった時には、農民や貧民の患者も多く来る診療所で働いていたのだが、そういえば鼓濤になって以来、農民も貧民も一度も見ていなかった。

いずれ平民に戻るつもりの董胡にとっては世の中の不条理を感じることも多い。

だが今はこの状況にうまく溶け込んで、よりよい道を模索するしかなかった。

「さあ、祝い膳が届いたみたいだよ、茶民、壇々。大饗宴《だいきょうえん》に参加していない姫君も今日は豪華な膳だと聞いた。宴《うたげ》に参加していたら味付けを変えられなかったけど、幸いにも宮で頂けるのだから、私が腕によりをかけて最高の料理にしてあげるよ。行こう」

王宮の料理を管理する宮内局の大膳寮で作られた料理は、健康を気遣って驚くほど薄味だった。鼓濤の一の后宮では、それをいつも御膳所で味付けし直すのが日課になっていた。

董胡が言うと、壇々はすぐに目を輝かせた。

「まあ！　考えてみればそうですわね。鼓濤様が味付けした方がずっと美味《おい》しいのですもの。宴にお呼ばれしなくて良かったかもしれませんわ！」

食いしん坊の壇々は、すっかり機嫌を直してくれた。そして茶民も。

「左様でございますわね。祝い膳には鯛《たい》の姿焼きなどもあるそうですが、不躾《ぶしつけ》ながら大膳寮の薄い味付けでは美味しさも半減ですものね」

あまり食に興味のなかった茶民だったが、董胡の料理を食べるようになってから、美味しいものを食べる喜びに目覚めたらしい。やせぎすだった体も少しふっくらして、不思議なことに色黒の肌さえも少し白くなってきた。

（茶民の色黒は地黒ではなく腎《じん》の弱さからきていたのかもしれないな）

腎の働きが悪いと老廃物が血にたまり、色黒に見えることがあると聞く。

茶民の辛い物好きは、腎の働きを活性化させるために必要な嗜好《しこう》だったようだ。

「今日のために食材をいろいろ頼んでおいたから、楽しみにしてて」

董胡は分厚い表着を脱ぎ捨て、侍女二人を連れて御膳所に向かった。

単《ひとえ》姿にたすき掛けをして、董胡は手際よく料理に手を加える。

一の后宮の御膳所は、設備が整っていて使い勝手がいい。竈《かまど》も調理器具も最新のもので、宮にやってくる御用聞きに注文して、調味料も充分に揃っていた。

「さすがに祝い膳は豪華な食材ばかりだね。鯛に鮑《あわび》に海老《えび》、それから羊肉に鶏肉《とりにく》まである」

「まあ！　ご飯が黒いですわ。お祝いだというのになんということでしょう……」

壇々が槲《かしわ》の葉に載せられた黒光りする米飯に驚きの声を上げた。

「これは黒米《くろまい》といって、栄養価の高いとても珍しいものだよ。私も実際に見るのは初めてだ。腎の臓に良くて老化防止になると聞いたことがある」

「そうなのですか？　不躾ながらお焦げを配給されたのかと思いましたわ」

茶民は宴に呼ばれなかったことを根に持ち、まだ少し不満げだった。

「今日は茶民に、とっておきのものを作ってあげるね」

「とっておきのもの？　なんでございましょう？」

すでに元になる調味料は手に入れてある。

「これだよ。豆板醬《とうばんじゃん》」

豆板醬は伍尭國ではそら豆に麹《こうじ》と塩水を加えて発酵させたもののことをいう。

「豆板醬なら食べたことはございます。嫌いではありませんけど……」

特に好きでもないらしい。

「これに唐辛子を加えて豆板辣醬《とうばんらーじゃん》を作っておいた。これさえあればどんな料理でも激辛料理に変身する。今日は長ねぎと干し海老をごま油で炒《いた》めて最後に豆板辣醬を加えた豆《とう》板辣油《ばんらーゆ》を作る。お粥でも炒め野菜でも、何にかけても合うと思うよ」

「まあ。ではそれをつければどんな料理も激辛になりますの？」

「そうだよ。唐辛子をかけるよりも旨味《うまみ》と酸味もあって美味しいと思うよ」

茶民は董胡の侍女になって過ごすうちに、本来の好みを隠すこともなくなり、いつも料理に唐辛子をふんだんにかけて食べていた。かなり特殊な嗜好の持ち主だった。

「豆板辣醤は平民の家では常に作り置きしている調味料なんだ」

董胡の住んでいた斗宿《としゅく》の村では、貴族のように豊富な食材が手に入るわけではない。農家に分けてもらう野菜と、行商人が売り歩く干し肉と干し魚がたまに手に入るぐらいだった。

塩や砂糖も潤沢にあるわけではない。そんな中で唐辛子だけは有り余るほど穫《と》れた。

この唐辛子を足りない調味料の代わりに生かそうとしたのが始まりだと言われており、村では豆板醤よりも豆板辣醤の方が一般的だった。貴族の厨房《ちゅうぼう》に揃っていないのが不思議だったのだが、薄味が上品とされる貴族の食卓には激辛調味料など使われないらしい。

茶民も下品だと言われるのが嫌で、ずっと激辛好きを隠していたようだった。

「良い香りがして参りましたわ。ぴりぴりと鼻腔《びこう》をくすぐる刺激的な匂いですこと」

じゅうじゅうと平鍋《ひらなべ》で炒める豆板辣醤の匂いをかいで、茶民はうっとりとした。機嫌もすっかり良くなったようだ。

他の食材にも味を付け直して一番大きな膳に盛り付けた。

さすがに祝い膳だけあって、普段の倍以上の品数があった。

出来た膳を御簾《みす》の中に運び込み、三人だけの宴が始まった。

「少し御簾を巻き上げましょうか。せめてお庭の紅葉だけでも眺めて宴気分を味わいたいですわ」

茶民が半分だけ御簾を巻き上げて、董胡から庭が見えるようにしてくれた。

やんごとなき姫君には無作法なことだが、幸い従者の少ない宮では見つけてとがめる人もいなかった。特に今日は皇太后の従者も宴に付き添って出払っていて、庭を行き交う人もいない。遠くから巫女《みこ》舞の楽らしき笙《しょう》と鈴の音だけが風にのって聞こえてくる。

「では、さっそくお毒見させていただきますわね」

壇々が目を輝かせ、料理を皿に少しずつ取り分けていく。

実際には調理する時に董胡が味見しているので、毒見でもなんでもないのだが、一応それを口実に三人で食べるのが日常になっていた。大膳寮から届く料理は、后《きさき》と侍女は別の料理になっているのだが、それも董胡が味付けし直す時に一緒くたにしてしまっている。

もはや食に関しては主従関係が完全に崩壊しているのだが、董胡としてはこの方が心地よかった。元々平民育ちで、今の地位も仮のものだと思っているので問題ない。

「まずは……南瓜《なんきん》。まだほくほくですわ。う〜ん、舌までとろけそうですわ。それから甘栗。早く食べたくてうずうずしていましたの。ああ〜、甘くて美味しいですわ」

壇々は幸せそうに頰張り堪能している。

「壇々は芋、栗、南瓜に目がないね。見ているこっちまで幸せな気分になるよ」

作り手としては、これほど喜んでくれると作った甲斐《かい》があるというものだ。

「私も豆板辣油とやらを頂いてよろしいですか？」

茶民も待ちきれないように味噌《みそ》用の甕《かめ》にたっぷり入った豆板辣油を一匙《さじ》すくった。

小皿に移してぱくりと頰張る。

「!!」

一口食べて茶民は驚いたように目を丸くする。そして、そのまま絶句していた。

「どう？　ちょっと辛すぎた？　茶民用に豆板辣醬の唐辛子を多めにしたんだけど、さすがに入れ過ぎたかな？」

普通の豆板辣醬でも相当辛いのに、茶民用に唐辛子を倍増しにした。しかし。

「お……美味しい……。なんですか、この調味料は。こんな美味しいものが平民の間では普通に使われているのですか？　今まで知らなかったのが口惜しいですわ」

どうやら気に入ってもらえたようだ。

「この焼き茄子《なす》につけてもいいし、蒸し鯛につけても合うと思うよ」

茶民は董胡が勧める通りに茄子と鯛に豆板辣油をのせて頰張った。

「本当ですわ……。何につけても合います。すごいです。どの料理も私好みのお味に生まれ変わるようですわ。美味しい。なんて美味しいのでしょう」

茶民はすっかり気に入ったらしく、次々に料理にのせて食べている。

「そんなに美味しいの？　私も頂いていいかしら？」

食いしん坊の壇々は、茶民の絶賛する豆板辣油を一匙すくって南瓜にたっぷりとのせて頬張った。その途端。

「かはっ！　ひぃぃぃっ！　かりゃひ……み、水を……ひぃぃぃ……」

「あはは。壇々には辛すぎると思うよ。この豆板辣油は茶民仕様だから」

董胡は笑いながら、茶民に白湯《さゆ》を差し出した。

甘味好きの壇々には失神しかねないほどの辛さのはずだ。

「お……恐ろしや……茶民ったら……よくこんな辛い物を平気な顔で食べられるわね」

「あら、ちょうどよい辛さじゃない。壇々こそよくそんな甘い物ばかり食べられるわね」

二人の侍女の嗜好は両極端にかけ離れている。

日々の食事を見ていればある程度分かることだが、董胡には人の欲する味が五色の光になって視える特殊な能力があった。この二人は特に分かりやすい色を放っている。

壇々は甘味の黄色、茶民は辛味の白を間違えようがないほど強く放っていた。

誰もがこれぐらい分かりやすい色を放ってくれると料理しやすいのだが、中にはほとんど色が視えなかったり、複雑に混じり合っていたりして分かりにくい人も多い。

分かりにくさで言うと、レイシのように拒食《きょじき》の病を持つ者が一番厄介だ。

（そういえば帝《みかど》の色も夜に御簾ごしで見るせいかよく視えなかったっけ）

時折、燭台《しょくだい》の灯に映る帝の放つ色は、今になってみればレイシのものとよく似ていた。

（王宮では拒食が流行《はや》っているのかと思ったけど……）

同一人物だと考えた方が自然なように思えた。

（じゃあやはりレイシ様が帝……？）

「ねえ、鼓濤様ったら。聞いていらっしゃいますか？」

「え？　なに？　ごめん。考え事をしていた」

茶民に問われて董胡はレイシに向かおうとしていた意識を慌てて元に戻した。

「ですから……、平民の時はどのように暮らしていらっしゃったのかと聞いていますの」

「平民の時？　どうしてそんなことを聞くの？」

二人の侍女は董胡が平民時代の話をするのをずっと嫌がっていた。誰かに聞かれたら正体がばれてしまうと恐れていたのだが、それ以上に貴族以外を蔑《さげす》んでいた。

「なんだか鼓濤様を見ていたら、平民の暮らしの方が楽しそうなのですもの」

「我らは、貴族以外は日々労働に明け暮れて、貧しく惨めな生活だと聞かされて参りましたわ。気の毒な人たちだと……。でも鼓濤様は気の毒な人には見えませんわ」

董胡を知るうちに、少し平民というものに興味を持ったらしい。

「気の毒と言うなら……、私は貴族の女性の方が気の毒に思えるけどね」

「まあ！　なぜでございますか？　大きなお屋敷に住んで綺麗《きれい》な着物を着られますのよ」

「美味《おい》しい物もたくさん食べられますわ」

確かに物質的には貴族の方が豊かかもしれない。

「でも自由がないでしょ？　春には桜の下で花見をしたり、夏には川遊びをしたり、秋にはお祭りに行ったり、冬には雪合戦をしたり……。身分の高い姫君は出来ないでしょ？」

「当たり前でございますわ。高貴な姫君は滅多なことで人前に出るものではございません」

「幼い頃より御簾の中で大切に慎ましやかに育つものでございますわ」

それが普通だと思っているなら、不自由にも感じていないのかもしれないが。

「私は特に男装して暮らしていたからね。平民の女性よりも更に自由だった。幼い頃から診療所を手伝って働いていたけど、好きな仕事だったし貧しくとも幸せだったよ」

「まあ、貧しいのに幸せなのでございますか？」

「わ、私は貧しいのだけは嫌ですわ。満足に食べられない暮らしなんて、ああ、恐ろしい」

最初から豊かさを持っている貴族にとって、失うことは想像を絶する恐怖なのだろう。

「私には夢があったからね。貧しいことが不幸だとは思わなかったな」

「夢でございますか？　医師になるという夢でございますか？」

「私達にも夢ならございますわ。ねえ、茶民」

「ええ。貴族の姫君の夢はみな同じです」

「そうなの？　どんな夢？」

　この堅苦しい暮らしの中でどんな夢を持つのだろうと興味が湧いた。だが。

「もちろん良き殿方に見初められることですわ」

「良縁に恵まれて、元気な子を産み、美味しいものに囲まれて暮らしますの」

　董胡はがっくりと肩を落とした。

「それって自分で叶《かな》える夢じゃないよね。見初めてくれる相手をひたすら待つだけでしょ？　私の言う夢っていうのはそういうのじゃないんだ」

「あら、自分で叶える夢ですわ。良家に仕えて、ご主人に認められ良縁を世話してもらいますの。旦那《だんな》様の寵愛《ちょうあい》を末永く得るためには見目麗しく保つ努力も必要ですわ。縁談が決まったら、少し痩《や》せなければなりません。ああ、夢のために死ぬ気で頑張らねば……」

　それはそうだが、やはり董胡の思い描く夢とはずれている。そもそも替え玉后の董胡に仕えた段階で、二人の夢はかなり望みが薄くなっていることに気付いていない。

「そういえば鼓濤様は麒麟《きりん》寮にいらっしゃったのですわね。雄武《ゆうぶ》様にお会いになったことはございますか？」

「雄武様？　玄武公の次男の？」

久しぶりにその名を思い出した。確かに雄武は麒麟寮にいた。

「ええ。黒水晶の宮では、お館《やかた》様のご子息に見初められることを誰もが願っていましたわ。でもご嫡男の尊武《そんぶ》様は長く外遊なさったまま戻って来られないし……」

「次男の雄武様は私が黒水晶の宮にお仕えした時には、麒麟寮に入られていて滅多にお屋敷に帰っていらっしゃいませんでした。遠目に一度お見掛けしただけですわ」

侍女二人は残念そうに言う。

「お館様のご子息に見初められたら、最高の玉の輿ですわ。華蘭様の侍女三人衆にだって、命令できますのよ。そうしたらいっぱい雑用を言いつけてやるのに」

「私は毎日美味しい物をいっぱい作らせますわ。それに里の母も喜びます」

「でも玄武公がお舅《しゅうと》になるんだよ。そして華蘭様が小姑《こじゅうと》だよ」

董胡には地獄にしか思えない。それに。

「雄武様は……良い伴侶《はんりょ》になりそうな気がしないけど……」

そう。雄武とはあまりいい思い出がなかった。

国費で学べる麒麟寮には、貧しい平民の子が多く、董胡と仲のいい学友はみんな平民だった。そして選《え》りすぐりの優秀な生徒が多い医塾だった。その名声欲しさに途中から転塾してくる貴族の子息もいた。その一人が雄武だったのだ。

「どんな方でしたの？　話してくださいませ。鼓濤様」

「私もお聞きしたいですわ。麒麟寮とはどんなところですの？」

侍女二人は興味津々に尋ねた。

「麒麟寮か……。あそこで過ごした日々は、もうずいぶん昔のことのように思える」

董胡は久しぶりに麒麟寮の日々を思い出していた。

まだ数か月前のことのはずなのに、何年も過ぎたように感じた。

◆

レイシが去った二年後、董胡は卜殷《ぼくいん》を説得して兄弟子の楊庵《ようあん》と共に『麒麟寮』に入寮した。そして三年間、猛勉強をして過ごした。

麒麟寮には「訓練生」「研修生」「実習生」の三段階があり、実習生になればいつでも試験を受けて医師の資格をとることができる。董胡は最短、最年少の実習生だった。

「お前さ、もう少し自覚を持った方がいいぞ、董胡」

いつものように麒麟寮へ通う早朝の道すがら、楊庵が心配そうに言った。

「自覚って？」

十七歳になった董胡は、ずいぶん背が伸びて青年らしくなったものの、二十歳になった楊庵はさらに頭二つ分背が高かった。さらに董胡の筋肉増強饅頭《まんじゅう》を食べ続けていたおかげで、青龍人かと思われるほど筋肉質な体をしていた。白衣を着ていなかったら、小柄な董胡の用心棒にしか見えない。

そして実際、鍛えてもいた。医家の者は、刀は持てないが木刀なら持てる。木刀使いとしてならばそこそこの腕前はあるだろう。なぜだか麒麟寮に行く時も、背丈ほどもある木刀を背に持ち歩くのが楊庵の常になっていた。

「お前は気付いてないんだろうけど、お前ほどの美童はちょっと見かけない。いくら男の恰好《かっこう》をしたところで、肌のきめ細かさとか、線の細さとか、まつ毛の長さだとか、いろいろいろいろ目につくんだよ。ほんっとに、いろいろいろいろ……だあああっ!!」

楊庵は董胡の気になる箇所を順に見て、急に頭を抱えて大声を出した。

「もうなに？　急に大声出さないでよ。まだ寝てる人もいるんだから近所迷惑でしょ」

最近の楊庵はちょっと様子がおかしい。

時々わけの分からない文句を言ってきては、一人でもんどりうっている。

「と、とにかく、街道を歩けば女達が見つめてるし、麒麟寮に行けば行ったで妙に董胡に馴《な》れ馴れしい野郎もいるし。周りは敵ばっかりだと思え！　いいな？」

「なんでだよ。みんな親切なのに、どこが敵なんだよ」

「いや、だから……。その親切にどんな下心が隠れているか分からないだろ？」

「楊庵みたいに？」

「！」

董胡は冗談のつもりで言ったのに、楊庵は真っ赤になって黙り込んでしまった。

「嘘だよ。楊庵には感謝しているんだ。私が女だとばれないようにいつも側にいてくれてるんでしょ？　ここまでばれずに済んでいるのは楊庵のおかげだよ」

実際、麒麟寮での生活は良好だった。多少の揉《も》め事はあったが、それなりに絆《きずな》を深め、多くの友人も出来た。楽しい日々だった。この春までは……。

「一体いつまで男のふりをしているつもりだよ。こっちは今日こそばれるんじゃないかって心配で心配で。いざとなったら周りを蹴《け》散《ち》らかしてお前を連れて逃げるために鍛えに鍛えて、医家なのか武家なのか分からない体になっちまっただろ」

「え？　私のために鍛えていたの？」

それは知らなかった。

「いや、まあ。青龍人みたいな武人に憧《あこが》れてるからでもあるけどさ」

楊庵は誤魔化すように鼻の頭を掻《か》いた。

「私は出来ればこのまま男として生きていきたいと思っているんだ。女は医師にも薬膳《やくぜん》師にもなれないしさ。レイシ様が迎えにきてもお役に立てないもの」

「まだレイシ様の言葉を信じてるのか？　あんなの世話になった社交辞令に決まってるだろ？　その証拠にあれから何も言って来ないじゃないか。向こうはとっくに忘れてるさ。大体どこの誰かも分からないままだしさ」

「それでも、もしまたレイシ様に会うことがあれば、役に立つ私でいたいんだ」

レイシとの約束が、この五年の董胡を突き動かしていた。だから寝る間も惜しんで必死に勉強してきたのだ。

楊庵はため息をついて肩をすくめた。

この五年、何を言ってみても董胡の意志は変わらなかった。

楊庵がこの五年で恋というものを知ったように、董胡にも心の変化が起こらないかと期待してみたのだが、今のところその片鱗《へんりん》も窺《うかが》えない。

「実習生のやつらに意地悪されてないか？」

この春から董胡だけ先に実習生の教場に進級して楊庵とは別々になった。

実習生と一言で言っても、いろんな人種がいた。

研修生までは国費で医師を目指す貧乏な平民がほとんどだったが、実習生から編入してくる者たちがいた。彼らは他の私塾で幼少から医術を習い、『麒麟寮を卒寮』という箔《はく》をつけるために一年だけ籍を置きにくる貴族の子息たちだ。彼らはたいてい麒麟寮で習ってきた者を貧乏人扱いして下に見る。ちょっと付き合いづらい連中だった。

他にも実習生の中にはいつまでも試験に合格できずに開寮当初からいる年配の男や、医師の資格をとったにも拘《かか》わらず、卒寮せずに薬の研究をしながら後輩の面倒をみている物好きもいる。とにかく一筋縄でいかない連中ばかりだった。

「あいつに何もされてないか？　雄武に……」

「ああ、うん。いろいろ言ってはくるけど……今のところ大丈夫だよ」

麒麟寮の寮服に、わざわざ亀氏《きし》の家紋を刺繍《ししゅう》させるような自己顕示欲の強い男だった。

初対面の時から難癖ばかりつけてきて、貴族の取り巻きたちに命じて董胡にくだらぬ嫌がらせをしてくる。

自信家の雄武は確かに優秀で、私塾から来た連中の中では飛びぬけて成績が良かった。今年、最年少で医師の資格を取るのだと意気込んでいたが、自分より若い董胡が試験を受けると知り、激しい怒りを感じたらしい。

「なにかあったら俺に言えよ。俺がやっつけてやるからな、董胡」

「そんなことをしたらどんな仕返しを受けるか分からないよ」

この玄武の領地で亀氏一家にたてついたら無事では済まない。

なるたけ穏便に、怒らせないように下手にでるしかない。


董胡は研修生の楊庵と別れて、実習生の教場に入った。

麒麟寮は訓練生、研修生、実習生の三つの教場と、街道に面した治療院の四つの建物で四角く囲われ、真ん中に先生たちの個室と生徒の寮があり、中庭で主要な薬草を育てている。

実習生の棟には書庫と薬庫があり、薬庫は治療院ともつながっている。薬庫には薬を煎《せん》じたり薬膳を作ったりする調理室もあり、実習生は自在に出入りできるようになっていた。

麒麟寮の治療院には、村の治療院で治らなかった患者などが回されてきたりする。街道沿いにある立地から、旅の途中の患者なども立ち寄り、軽症から重症までいろんな症例を診ることができた。

三交代制で、董胡はみんなが嫌がる朝一番の時間帯を進んで引き受けた。

午前で終わるため、午後から卜殿の治療院の手伝いが出来るというのもあるが、雄武たち貴族組の連中があまりいないからというのも大きい。

それに患者も少なく、空いた時間に薬庫で豊富な薬剤を使って丸薬を作ったり、書庫で希少な薬膳の資料を読んだりすることもできた。

実習生は全部で二十人ほどいるが、この時間帯にいるのはいつも董胡ともう一人だけだ。

「偵徳《ていとく》先生。また薬庫にお泊まりになったのですか?」

「おう。董胡か。いつも一番乗りだな」

寝起きのぼさぼさ頭で、薬庫の調理室にいた三十路《みそじ》手前の男だ。

みんな先生と呼んでいるが先生ではない。厳密にいうと医師の資格はとうに取っているので先生ではあるのだが、卒寮しないまま、ほぼここに住んでいる。長年田舎の治療院で助手をしてきたが、お金がないため試験が受けられなかったらしい。麒麟寮は国費で受けられると聞いて入寮し一年目で合格したのだが、余程居心地が良かったのか、豊富な薬剤を自由に使えることが気に入ったのか、実習生の面倒を見ながら居候《いそうろう》させてもらっているそうだ。

医生はたいてい両耳の辺りで髪を結ぶ角髪《みずら》頭だが、偵徳は吹きっさらしのぼさぼさ頭で無精ひげが生えている。だが一番の特徴は左頬をざっくり縦断している大きな傷痕《きずあと》だ。子供の頃に貴族様に対して何か粗相をして斬り付けられたらしい。その刀は左頬を切った後、偵徳の胸から腹まで大きな傷痕を残しているのだが、医師の袍服《ほうふく》の下に隠れていて頬傷しか見えない。しかしその頬傷が人相を悪くするのか、もうすぐ三十だというのに独身のままだった。そうして治療院を開くでもなく、嫁をとるでもなく、一日中ここにいて薬草を混ぜたりこねたりしていた。そして出来た薬をこっそり売っては、妓楼《ぎろう》で散財している。

「今日は何を作っているのですか？」

董胡は、何かをこねくり回している偵徳の手元を見つめて尋ねた。

「今日のは珍しいぞ。何首烏《かしゅう》だ」

偵徳はまだ潰《つぶ》していない方の人型の芋のようなものを董胡に見せた。

「何首烏？　薬用人参のようなものですか？」

塊根の形は似ているが、もう少し黒っぽくて厚みがある。お腹の出張った人型をしている。

「タデ科の植物の根茎らしい。昨日来た旅人が治療代の代わりに置いていった」

「どういう効能があるのですか？　もしかして鎮痛薬ですか？」

偵徳は左頬と胸の古傷が痛むらしく、良い鎮痛薬が出来ないかと研究している。おそらくそのために麒麟寮に残っているのだろうと董胡は思っていた。

「聞いて驚くな。董胡。お前のような美少年が持っておくべき生薬だ」

「私が？」

董胡は興味を抱いて偵徳の言葉を待った。

「なんと抜け毛に効果があるそうだ！　これを毎日煎じて飲めば白髪が真っ黒になり、禿《は》げ頭がふさふさになる夢の薬だ！」

嬉《うれ》しそうに発表する偵徳に、董胡は口をとがらせた。

「それがなんで私が持っておくべき生薬なんですか。まだ禿げたりしていませんよ」

「当たり前だ。十代で禿げてたまるか。だが早い者は三十路前に禿げの兆候が見えてくるらしいぞ。俺のようなむさくるしい男はどれほど禿げ散らかしても屁《へ》とも思わぬが、お前のような美少年が禿げ散らかすと悲惨だからな。お前が街道を通るのを毎日楽しみに待っている女どもが、それはそれは悲しむことだろう。だからお前のために食べやすくこねてやってるんだ。ありがたく思え」

絶対自分のためだと思いつつ、董胡は蒸してすり潰しているらしい何首烏を指先にとって舐《な》めてみた。

「にがっ！　どこが食べやすいんですか。まずくて食べられませんよ！」

偵徳に限らずだが、医師の男たちはたいてい味に無頓着《むとんちゃく》だった。

症状に合わせた効能ばかりが先走って、子供には絶対飲めないような苦い薬ばかり作る。

「もう。これじゃ一日で嫌になりますよ。ちょっと貸して下さい」

董胡は偵徳から器を取り上げると、棚の上から蜜《みつ》の入った瓶を取り出した。

「蜜と……そうだ。黒ゴマを入れてみましょう。それでも食べにくかったら小さく丸めて丸薬にした方がいいかもしれませんね。あ、それとも薬膳粥《やくぜんがゆ》にしてはどうでしょう」

「ふむふむ。なるほどな。董胡は薬膳の発想が豊富だな」

「はい。私は薬膳師になりたいんです」

董胡は何首烏を練りながら答えた。

「薬膳師？　そんなものを雇うのはどこぞの貴人ぐらいだろう？　やめとけ、やめとけ。貴人なんかに仕えたらひどい目に遭うぞ。お前は頭もいいし見てくれもいいから街で治療院を開けば大繁盛するだろう。悪いことは言わねえから医師をやれ」

この五年、薬膳師になりたいと言うたびに同じことを言われ続けてきた。

「いえ、私は医師には向いていません」

レイシとの約束もあるが、薬膳師を目指すのには他の理由もあった。

「なんだ。まだ鍼《はり》が苦手か？」

「……はい」

楊庵が得意な鍼だが、董胡はやっぱり苦手なままだった。

楊庵は「女には向いてないからだ」と言うが、そうなのかもしれない。なにせ伍尭國中を探しても女の医師などいないのだから分からない。

ともかく最低限の応急処置は出来るものの、できれば薬膳で患者の治療に関わりたい。

「ふん。鍼を苦手なやつが医師の試験を受けてどうする。麒麟寮の面汚しだな」

「！」

いつの間にか戸口に雄武が立っていた。

白衣の左胸に亀の甲羅をかたどった家紋が見えた。

角髪頭の前髪を眉《まゆ》の上で綺麗《きれい》に切りそろえ、神経質な顔つきで口端を歪《ゆが》めている。

「雄武様。今日はお早いのですね」

編入組の貴族には、様をつけて呼ぶのが暗黙の了解になっていた。

「今日の朝、試験の結果が届くらしいからな」

「そうなのですか？」

こういう情報は、貴族にだけ伝わって、董胡のような平民には伝わらない。

特に玄武公の承認が必要な医師の資格は、子息である雄武には最初に伝わるようだ。

雄武が受かるのは間違いなかった。玄武公の子息が落ちた話は聞いたことがない。

七歳上に兄がいるらしく、そちらは雄武ほど優秀ではなかったらしいが余裕で受かったようだ。そもそも資格をとったところで玄武公の子息が患者の治療をすることはない。

医術の都の為政者として、箔《はく》をつけるための資格にすぎない。編入組はそういう連中が多かった。

「なんだ。雄武様も合否が気になるんですかい？」

偵徳が少しからかうように尋ねた。

一応敬語は使うが、十も年上なので多少は軽口が許される。

「ふん。受かるのは当たり前だ。私は順位が知りたいんだ」

「順位……」

今回試験を受けたのは斗宿の麒麟寮から五人だが一度で受かる者は少ない。他の三人は二度目以上の挑戦だった。実習生になって日の浅い董胡は誰が一番できるのかよく知らない。そもそも、試験の順位が出ることすら知らなかった。

「まあ、私が一番に決まっているがな」

自信家の雄武らしい言いようだ。

「だが玄武公の息子だからって不正があると思うな！　父上には公正な判定を頼んでいる。それに麒麟の医官も判定に加わるから私がひいきされるわけじゃない！」

「ええ。分かっています。雄武様はそういう方です」

「…………」

あっさり認める董胡に、雄武は面食らって「ふん」と鼻を鳴らして行ってしまった。

「なんだ、あれは？」

偵徳が肩をすくめて呆《あき》れた。

「お前に負けるのが怖いんだろうよ。あのお坊ちゃんはきっと負けたことがないんだろう」

「私が勝つわけないですよ。一回目の試験で受かるとも思ってないですし」

「まあ、出来れば一番にはならない方がいいな」

「どうしてですか？」

偵徳の言葉に董胡は首を傾げた。

「雄武にいらぬ恨みを買うというのもあるが、優秀すぎる寮生には妙な噂があるんだよな」

「妙な噂？」

「ああ。一期生の俺の時も一番で受かったやつがいたが、突然姿を消したんだ」

「急いで地元に帰って治療院を開いたとかじゃないんですか？」

貧乏な村の出身だと、無医村出身の者も多い。医師を待ち望んでいる村人がいる。

「俺もそう思っていたんだが、地元のやつに聞いても、そんな治療院はないって言うんだ。それに仲の良かった俺に一言も無しに消えるってのもな。変なんだよな」

「どこか大家の診療所で働いているんでしょうか？」

「それならいいが……。他の期でも飛びぬけて優秀なやつは、みんな行方知れずなんだよな。噂では皇帝陛下にひそかに取り立てられて、お側に仕《つか》えているらしいって話もあるがな」

「皇帝陛下？　では王宮の官職ですか？　すごいじゃないですか」

ただの医生がいきなり皇帝陛下の医官になるなんて大出世だ。

「ま、ともかく資格が取れたら、お前は街の治療院をやれ。それで俺を雇ってくれ」

「逆じゃないですか。偵徳先生こそ早く治療院を開いて下さい」

「いや、こんなむさくるしい男じゃ繁盛しないからな。お前がやった方が儲《もう》かる」

「もう……適当なことばっかり言って」

そんなやりとりの後、試験の結果が知らされた。

驚いたことに董胡が首席で合格していた。

そうしてその僅《わず》か五日ばかり後に、董胡は麒麟寮から消える運命となった。


雄武の話を聞きたそうに目を輝かせる侍女二人に、話せることはあまりなかった。

「平民の私と雄武様が関わることはあまりなかったからね。どんな人だったかな……」

思い出すのは貴族の取り巻きと一緒になって、小馬鹿にされた思い出ばかりだった。

すっかり失念していたが、その雄武の異母妹という立場になってしまったのだと今更気付いて、ぞわりと嫌な予感が体を駆け抜けていた。

◆

董胡が懐かしい日々を思い出していた同じ頃。

麒麟寮の中庭では一人の男が、殺気立った目で木刀の素振りを繰り返していた。

医生たちは関わり合いにならないように、避けて通っていく。

「くそっ！　くそっ！　どうなってんだよ！　なんでみんないなくなったんだよ！」

手まめが潰《つぶ》れようがお構いなしに木刀を振る男を見て、身なりのいい一団が立ち止まる。

「こんなところで木刀を振り回す馬鹿がいると思ったら、天涯孤独の楊庵じゃないか」

「董胡に捨てられ、親代わりの師匠にも捨てられたそうだな」

董胡がいなくなった事は、楊庵が大騒ぎをしたおかげで麒麟寮では誰でも知っている。

その上、家に帰ってみると卜殷の治療院まで家捜しされたように荒れ果てて無人になっていた。そのことも一部の者の間では噂でもちきりだ。

楊庵はぎろりと一団を睨《にら》みつけ、木刀を投げ捨てるとその中の一人の胸倉を摑《つか》んだ。

「てめえ、雄武！　お前がやったんだろう！　董胡を返せ！　試験に負けたからってこんな卑怯《ひきょう》なやり方が許されると思ってるのか!!」

「こいつ！　雄武様に何をしやがる!!　妙な言いがかりをつけてんじゃねえよ！」

「死罪になりたいか！　手を離せ！　貧乏人が」

慌てて雄武の取り巻きが三人がかりで楊庵の腕を摑んで引きはがし殴り倒した。さらに転がる楊庵を大勢で取り囲み蹴《け》り飛ばす。

「前から生意気なやつだと思ってたんだ！　調子に乗るな！」

「医生のくせに木刀なんて背負いやがって！　身の程知らずが！」

木刀を投げ捨てた今が好機とばかり、口々に罵《ののし》りながらいたぶるように蹴り回している。

楊庵は時々うめき声を上げながら、されるがままになっていた。

雄武は襟を直し、そんな楊庵を無言のまま見下ろす。

「雄武様、こいつを牢屋《ろうや》に入れましょう」

「亀氏様のご子息にこんな無礼を働いたのです。死罪ですよ」

雄武の取り巻きたちは鼻息荒く申し立てる。

「死罪にしたければすればいいだろっ！　董胡のいない世界に未練なんかねえよ！」

自暴自棄になって言い返す楊庵を、はやし立てるように取り巻きが嗤《わら》う。

「ははは。本人も覚悟しているみたいですよ。こりゃいいや」

「雄武様、お望み通り役人を呼んでやりましょう」

だが雄武は、すでにボロ雑巾《ぞうきん》のようになっている楊庵に興味を失ったらしい。

「もういい。行こう」

「え？　ちょっと雄武様」

「いいんですか？」

さっさと立ち去る雄武を追いかけ、一団は行ってしまった。

取り残された楊庵はしばらく放心した後、傷だらけの体をのそりと起こし、その場にうずくまった。そして地面に拳《こぶし》を叩《たた》きつける。何度も何度も叩きつけて肩を震わせた。

「うう……董胡、どこに消えたんだよ。卜殷先生、何があったんだよ……うう、ううう」

ぽたぽたと涙を落とす楊庵に、背後から黒い影が覆って告げた。

「楊庵……。董胡に何があったのか知りたいか？」

楊庵は驚いて顔を上げ、声の主に縋《すが》り付いた。

「偵徳先生！　何か知っているんですか？　教えて下さい。お願いします！」

「俺にも分からない。だが、手がかりならある」

「手がかり？」

偵徳は辺りをうかがい、声をひそめた。

「おそらく……王宮だ」

「王宮……？」

楊庵は絶望を深くして、さらに偵徳に縋り付いた。

「そんな場所……どうやって捜すんですか？　ただの医生に過ぎない俺が……」

偵徳は縋り付く楊庵を見つめ、一つため息をついて決心したように口を開いた。

「実は……俺はこの三年、ある方から董胡を内密に見守るように言われていた」

「董胡を？」

変わり者ゆえ麒麟寮に残っているのだと思われていたが、そんな理由があったとは。

「だがまさか医師の免状を受け取る前に消えることになるとは思わなかった。免状を受け取った後、ある方の許《もと》に送り届けるつもりだった。俺が甘かった。すまない」

「偵徳先生……。あなたは一体……」

何者だろうか、と楊庵は警戒を浮かべた。

「俺は……そのある方から王宮の内医司《ないいし》の医官に推挙して頂いている」

「内医司の医官⁉　つまり……皇帝陛下の専属医ということですか？」

楊庵は信じられないような話に驚愕《きょうがく》の表情を浮かべる。

董胡が行方知れずとなった報告をしたあと、偵徳にその後の知らせはなかった。見守るべき相手をなくした偵徳はお役御免になったのかと思っていたが、その矢先に内医司の医官に推挙するのですぐに王宮に来るようにとの連絡があった。

詳しい話は王宮に行ってみてから直接聞くしかない。

「内医官になるということは陛下の死と共に死ぬということだ。もしもお前にその覚悟があるなら、俺の使部《つかいべ》として一緒に連れていってやる。どうする？」

皇帝の専属医である内医官は、代々陛下の死と共に殉死するのがならわしだった。

それだけの覚悟をもって務める職だった。

「貴族医官ならば逃げ道もあるらしいが、平民医官は王宮の深部に入り込んでしまったなら二度と出ることは出来ない。内医官になったなら生涯王宮の外には出られないし、家族に連絡することも出来ない」

すでに先帝の内医官たちは殉死して墓守として葬られたと噂で聞いている。

「俺は董胡が生きているなら、内医官になっているのではないかと思っている。そうでなければ……もう生きてはいまい」

「そんな……」

楊庵は再び絶望を浮かべた。

「万が一、どこかで生き延びていても、内医司で働く俺たちはもう王宮の外を捜しに行くことも出来ない。内医司に董胡がいなければ、結局二度と会えないだろう。そして誰にも知られず、陛下の死と共に葬り去られる。一か八かの賭《か》けだ。その覚悟があるか？」

「覚悟って……、皇帝陛下はまだお若いのでしょう？　死ぬなんてまだまだ先の話では」

「いや、玄武公はじめ、貴族たちは現皇帝陛下の治世を短くする心づもりだ」

「短くするって……まさか⁉」

偵徳はゆっくりと肯《うなず》いた。

「決して出世などと喜べる仕事ではない。それに中に入ってみたところで、董胡の死を知るだけかもしれない」

「…………」

楊庵は蒼白《そうはく》な顔で俯《うつむ》いた。

「お前はまだ若く、俺みたいに顔に刃傷のあるような男と違って、医師免状を取って嫁《めと》を娶り幸せに暮らす道もあるだろう。もう董胡のことは忘れて新たな人生を生きるのもいい。あいつは恨んだりしないだろうよ。だからよく考えるがいい」

「偵徳先生……」

泣きそうな顔になる楊庵を力づけるように、偵徳はその背を力一杯はたいた。

「元気を出せ！　俺は明日の朝一番にここを出る。もし来たければ来ればいい」

◆

楊庵は誰もいなくなった治療院に帰り、荒らされて散らばった薬草籠《かご》を拾い上げた。

主要な生薬や診察に必要な鍼《はり》や器具一式は持ち去られていた。治療院の主《ぬし》である卜殷が持ち去ったのか、強盗に襲われたのかは分からないままだ。目撃者もいない。

「董胡……」

董胡が楽しげに生薬を管理していた日々が、昨日のことのように思い起こされる。

『見て、楊庵！　竜骨だよ！　呉服屋のお嬢さんがくれたんだ！　本物の竜の骨だって』

『はん。どうせ偽物だよ。竜なんているわけないだろ？』

『でも大昔、この地には天に届くほどの巨大な生き物がいたって話だよ』

地に埋まった巨大獣の化石全般を竜骨という生薬に分類しているが、中には本物の竜の骨もあるらしいと言われている。董胡は信じているが楊庵はまったく信じていなかった。

『神代の時代の創り話だよ。まったく、董胡は頭がいい割にすぐ騙《だま》される』

普段はしっかり者の董胡だが、冷や冷やさせられることもよくあった。信じやすく真っ直ぐで、生来の気性なのか弱い者を守りたがる。男よりも男らしい性格ゆえに女と疑われることはほとんどなかったが、秘密を知っている楊庵だけは気が気ではなかった。

「そういえば……董胡専用の薬草籠があったな……」

楊庵はふと台所に置いていた董胡の宝物の籠を思い出した。

治療院の方はひどい状態だったが、奥の部屋はさほど荒らされていない。

「あった！　これだ！」

土間の大鍋《おおなべ》の奥にいつもしまっていたので気付かれなかったようだ。

被《かぶ》せてあった布巾《ふきん》を恐る恐る取ると、不気味な生薬が束になって入っていた。

「うえ……。気持ちわりい……」

董胡が少しずつため込んだ冬虫夏茸《とうちゅうかたけ》だ。長い幼虫の頭から干からびた茸《きのこ》が伸びて笠を開いている。だが以前に見た時より乾燥したのか、自分が大人になったのか、腰を抜かすほどではない。

「一番の宝物だって言ってたよな……。これが一番の宝物って……どんな変人だよ……」

女らしく装えば、おそらく村の誰より美しい娘になるだろうに、いつだって生薬と薬《やく》膳《ぜん》のことしか考えていなかった。楊庵は自嘲《じちょう》するようにふっと笑った。

「こんないい男がすぐそばにいるってのに……眼中に無しだもんな」

楊庵の密《ひそ》かな夢は、自分が医師の免状を取って、いつか董胡と所帯を持ち治療院を開くことだった。菫胡が男の振りをして無理に免状を取らなくても、医師の妻として存分に薬膳の研究をすればいい。女でも生涯医術に携われるように最善の居場所を作ってやれたのに。

「俺は……なんでもっと、菫胡が麒麟寮に入ることを反対しなかったんだ」

最初はむしろ一緒に医塾に通えることを喜んでいた。渋る卜殷を、楊庵も一緒に説得してしまった。あの頃はまだまだ自分も子供だったのだ。この三年で、最初は考えてもいなかった心の変化に楊庵自身が戸惑い、ただ歯がゆい思いで見守ることしか出来なかった。

「菫胡……。死んだりしてないよな？　お前は絶対生きてるって信じている。でも無事なら何故連絡すら寄越さないんだ。やっぱり内医官になって連絡できないのか？　それとも何か酷《ひど》い目に遭わされて……俺に連絡することも……く……」

想像するだけでじっとしていられなくなる。背中に負った木刀を抜き取り中庭に駆けだす。そして闇雲に振り回した。風を切るひゅんという音だけが延々と空に響き渡っている。

「くそっ！　くそっ！　俺が菫胡よりも先に医師免状を取っていれば……。座学が苦手なんて甘ったれたことを言わず、もっと菫胡みたいに必死に勉強していれば……」

何かが違っていただろうか……と今更なことばかり考えてしまう。

後悔を吹っ切るように木刀を振り回すことしかできない日々だった。

夜じゅう木刀を振るい、空が白み始めた頃に気を失うように力尽きて地面に倒れ込む。限界まで体力を使い切ってしまうと、進むべき道がはっきりと目の前に見えた気がした。

最後の気力を振り絞り立ち上がると、ゆっくりと土間に向かい董胡の薬草籠の前に立った。そして一番大きな薬包紙で冬虫夏茸の束を何重にも包み込んでから懐にしまった。

「待ってろ、董胡。何があろうと俺が絶対に助けてやるからな」

楊庵は決心したように呟《つぶや》くと、簡単な荷造りをして偵徳の待つ麒麟寮へと向かった。

二、五度目の大朝会

「こほん、皆様、前を失礼致しますわね」

高らかに告げて大座敷に入ってきたのは朱雀の后宮《きさきぐう》の侍女頭だった。

七曜《しちよう》に一度と決められている大朝会《だいちょうかい》も、董胡が玄武の后宮の侍女頭代理として参加するようになって五度目だ。

帝《みかど》の寵愛《ちょうあい》によって席次が決まる侍女頭たちの静かな戦いの場でもある大朝会だったが、前回までは玄武の后宮が序列の筆頭を維持し続けていた。

ところが、今日董胡が案内されたのは前から二番目の席だった。

三番手の白虎と四番手の青龍は、二度目以降は不動の定位置になっていたが、ついに玄武が一番手を引き渡す日が来てしまった。

黒の表着《おもてぎ》をさばいて座ろうとしていた董胡の横で、朱雀の侍女頭が真っ赤な扇から勝気な目を覗《のぞ》かせて立ち止まった。

「あら、玄武の方。ごめんあそばせ」

「い、いいえ。どうぞお通りください」

菫胡は畳に広がっていた表着の裾《すそ》を引き寄せ、通り道を作った。

「ついに朱雀が筆頭になってしまいましたけど、気を悪くなさらないでね」

「え、ええ……」

いつも赤の表着の下に派手やかな衣装を身につけているが、今日はいつもより更に色鮮やかな着物だ。猫耳のような二つの団子頭には、真っ赤な織紐《おりひも》を大きく蝶結《ちょうむす》びにしている。

「玄武のお后様には最近陛下のお渡りがないという噂は本当でしたのね」

「え、ええ。まあ……」

「我が姫様は、先日の神嘗会の饗宴《きょうえん》にご招命を受け、帝は宴席の御簾《みす》の中までお訪ねくださいましたのよ」

「御簾の中に？」

自慢気に話す朱雀の侍女頭の言葉に、菫胡の心がつきんと痛んだ。

「帝は我が姫様のお美しさにずいぶん心ときめいて下さったようでございます。宴《うたげ》の後も頻繁に后宮に通って来られるようになりました」

「そ、そうなのですね……」

噂に疎い菫胡は、宴の後も通っておられることまでは知らなかった。

「いつも御簾の中で親密なご様子で、こちらが照れてしまうほど仲睦《なかむつ》まじくおなりです」

菫胡の頭の中にはレイシが可憐《かれん》な姫君と寄り添う光景がまざまざと浮かんだ。

玄武の姫である鼓濤には、この先も気を許すつもりはないと言い捨てた帝が、朱雀の姫君には心を許したのだと思うと、じわりと焦るような気持ちが湧き上がる。

（なにを焦っているのだ、私は。これで良かったじゃないか）

これでもう玄武の后宮に帝が来られることもなくなる。レイシが帝であっても、鼓濤の正体を知られる心配はなくなるのだ。

そう自分に言い聞かせるのに、なぜか心が沈んでいく。

俯いて黙り込む董胡に勝ちを確信したのか、朱雀の侍女頭はにっこりと微笑むと「おしゃべりが過ぎましたわね。ごめんあそばせ」とだけ告げて筆頭席に陣取った。

朱雀の侍女頭が席につくと、すぐに隣に座る黄色の表着の侍女が話しかけている。

「朱雀の方、先日はお后様より良い品を頂きました。ありがとうございます」

どうやら朱雀のお后が帝の侍女頭、奏優《そうゆう》に贈り物をしたらしい。

「気に入って頂けましたか？　最近朱雀の都で流行《はや》っている色柄の帔帛《ひはく》ですわ」

帔帛とは貴人が肩から腕に掛ける薄絹の装飾布のことだ。

「まことに珍しいですわ。帔帛といえば白絹に刺繍《ししゅう》したものだと思っておりましたが、あのように鮮やかな色柄もあるのでございますね。さすが、芸術の都でございますわ」

「お気に召したなら、我が姫君にお伝えして他の侍女の皆様方にも贈りましょう」

わっと、奏優の後ろに並ぶ侍女六人が喜びの声を上げた。

「我々にも頂けるのでございますか？　嬉《うれ》しい！」

「奏優様だけ羨《うらや》ましいことと思っておりました」

「朱雀の方のお召しになる物は、本当に趣味の良いものばかりで素晴らしいですわ」

いつの間にかすっかり帝の侍女たちと仲良くなっている。

侍女頭とは、本来こういう根回しも出来なければならないものらしい。

「では、帝の次のお越しの時にでも、お渡しできるよう用意しておきましょう」

「まあ！　では陛下に朱雀をお訪ねするようにお勧めしなくてはね」

「我らにお任せくださいませ」

帝の寵愛というものは、こうやって侍女達を味方につけることも一つの戦法のようだ。

「ほんに朱雀のお后様は気配りの利いたお方ですわ」

「神嘗会の宴で朱雀のお后様が特別にお呼びになった舞団も素敵でございました」

どうやら朱雀の后は、神嘗会の宴に自分のお気に入りの舞団を招いたらしい。

「紅拍子《べにびょうし》の舞団のことでございますわね。最近、朱雀の都で流行っている今様を舞う男装の舞妓《まいこ》たちでございますわ。中でも一番人気の紅薔薇貴人《べにばらきじん》の一団です」

朱雀の領地には大小様々な舞団がいて、その団の一番人気の舞い手の雅号で呼ばれることが多いと聞いた。

「まだ紅薔薇貴人の一団は后宮に滞留しておりますのよ。帝がお許し下さるなら、侍女の皆様方もご一緒に朱雀の后宮で一席設けることもできましてよ」

再びわっと帝の侍女たちが嬉しそうに声を上げた。

「まあ！　もう一度鑑賞できますの？」

「是非、もう一度見たいですわ！　帝にお願いしてみますわね」

朱雀の侍女頭と右列に座る帝の侍女たちが盛り上がる中、左側に座る弟宮の侍女たちはむっつりと黙り込んでいる。

最初の頃は郭美《かくび》率いる弟宮の侍女たちの方が強気だったのに、帝の先読みが当たってからというもの、すっかり大人しくなって影を潜めている。

ここは主人の立場によって、明日の我が身がどうなるか分からない場所なのだ。

「皆様、叡条尚侍《えいじようないしのかみ》がいらっしゃいました。ご静粛に」

中務局《なかつかさ》の女官頭《にょかんがしら》である叡条尚侍が現れて、ようやく大朝会が始まった。

大朝会で話し合うことの多くは、帝が心地よく過ごすための提案や問題点などの共有だ。

その他にも、王宮の行事などがあればそれについての各宮の役割や注意点などの申し送り。それから女性たちの間で揉《も》め事などがあればその報告や対応をする。

前回は神嘗会という大きな行事があったため、参加する宮の侍女たちへの申し送りで時間がかかったが、今回は各宮の報告だけで淡々と終了した。

いつもより早めに終わった大朝会に、董胡はほっとして立ち上がった。

董胡以外の侍女や女官たちは、顔見知りに声をかけて噂話に興じている。王宮内の情報収集をするには絶好の場所だ。だが董胡は正体がばれても困るし、会が終われば一刻も早く大座敷を出るように心がけている。だがいつもうまくいかない。

「お待ちになって、玄武の方」

やっぱり今日も呼び止められたか、と董胡はしぶしぶ振り返った。

「な、なんでございましょうか。朱雀の方」

毎回この朱雀の侍女頭に呼び止められて、姫君の自慢話に付き合わされる。

青龍や白虎の侍女頭ではなく、なぜだか董胡にばかり声をかけてくる。

自慢話ならさっき充分に聞いたし、今日はすんなり帰らせてもらえるかと思ったが、まだ話し足りないらしい。観念して話に付き合おうと思った董胡だったが……。

「良かったらこれから朱雀の后宮においでにならない？」

「え？」

思いもかけない誘いに驚いた。

「す、朱雀の后宮にですか？　玄武の侍女が行ってもいいのですか？」

四后は帝の寵を争う敵同士だと思っていたので、他の后宮に行くという発想はなかった。

「あら。こちらからご招待するのだから別によろしくてよ。勝手に忍び込まれては困りますけど」

「い、いいえ。忍び込むつもりなんてありませんが……」

「玄武の皇太后様は他のお后様《きさき》との交流を好まない方だったご様子で、先帝の時代は表立ってお付き合いなさることもなかったようですけど、以前はお后様同士、お茶会や宴の席を設けて華やかに交流していた時代もあったようですわ」

「そ、そうなのですか？」

「…………」

驚く董胡に、朱雀の侍女頭は少し怪しむように首を傾げた。

「玄武の方は、皇太后様も同じ宮においでなのに何もご存じないのですわね」

「そ、それは……その……」

その皇太后にはいまだに一度も会っていない。あれからもう一度拝謁伺いの手紙を渡したが、あいかわらず返事もなかった。完全に無視されているのだ。いいけど。

「お后様の序列の意味を分かっておられるかしら？　この序列は食事や装飾品などの優遇だけではありませんわ」

「……というと……？」

董胡は言っている意味が分からず聞き返した。

「他のお后様をお誘いできるのも序列が上の者だけですわ。つまり玄武の方が筆頭である限り、玄武のお后様がお誘いしなければ、それ以下の者は表立って交流できません」

「そ、そうなのですか⁉」

寝耳に水の話だった。

つまり今まで筆頭だった鼓濤が誰とも交流を持とうとしなかったので、四后は交流できなかったということだ。

「侍女頭なら、ご自分の仕事をもう少しお勉強なさるべきね」

朱雀の侍女頭は、何も知らない董胡に呆《あき》れたように肩をすくめた。

本当は代理の侍女頭でしかないことは、特に聞かれてもいないので木札を見た者以外は誰も知らない。おまけにその代理の身分さえ偽なのだが、もちろん言うことは出来なかった。

「まあそんなことより。我が姫様が玄武の侍女頭に会ってみたいと以前から仰せでしたの。今日序列が上ならばお誘いするようにと言われておりました」

「朱雀のお后様が？　なぜ私に？」

「さあ……。私がよくあなたの事を話していたからかもしれませんわ。その……玄武にしては……やけに顔立ちが華やかというか……もちろん我が姫様には負けますけど……」

「そんな理由で？」

帝《みかど》の寵愛《ちょうあい》を争うなら、后である鼓濤に興味を持つのは分かるが、侍女頭に会いたいというのが分からない。

「姫様は美しいものが好きなのですわ。それがたとえ敵対する相手でも、美しければ無条件に愛《め》でるような懐の深い方なのです」

「はあ……」

ちょっとよく分からないが、ともかく侍女頭・董麗に会いたいらしい。

そして董胡も少し興味があった。

帝、あるいはレイシがあっさり心を許した朱雀の后とはどんな姫君なのか。

「どうですの？　朱雀の后宮においでになるの、ならないの？」

少しいらついたように尋ねられ、董胡は思わず答えた。

「い、行きます。お会いします」

こうして董胡は朱雀の侍女頭に誘われるままに后宮に連れていかれたのだった。

◆

朱雀の后宮への道のりは興味深いものがあった。

皇宮から后宮へ通じる貴人回廊一つとっても、玄武のものとはずいぶん違った。

玄武の貴人回廊は黒の漆塗りの柱と、イ草で編んだ畳敷きの重厚な雰囲気の廊下だったが、朱雀は赤く塗られた柱が鳥居を重ねるように続き、檜《ひのき》の板張りの廊下が続く。

帝のお渡りに灯《とも》される燈籠《とうろう》は、玄武では一定間隔に燭台《しょくだい》を立てていたが、朱雀の回廊には金細工の美しい吊《つ》り燈籠が華やかに柱の間を飾り、なんとも幻想的な光景だった。

朱色の屋根が艶《つや》やかな后宮に入ると、董胡は思わず「ほう……」とため息がでた。

すべてが朱色の柱と白い壁で統一されていて、白砂利で敷き詰められた庭と朱色の太鼓橋と木々の緑が絶妙に配置されている。そして庭の真ん中には朱色の欄干で囲まれた大きな舞台が設置されていて、華やかな衣装を身につけた舞妓《まいこ》たちが、鉦《かね》の音に合わせてゆったりと舞い踊っている。桃源郷に紛れ込んだような麗しさだった。

一応扇で顔を隠してはいるものの、隙間から覗《のぞ》き見せずにはいられない。

同じ后宮でも、こうも違うものなのかと驚いた。

そして朱雀の后が、代々の皇帝から寵愛を集めたのも当然のことだと納得した。

「少しこちらでお待ち頂けますか？　姫様に知らせて参ります」

朱雀の侍女頭は、舞台がよく見える広縁で立ち止まると、董胡を残して廂《ひさし》を上げたままの部屋の中へ入っていった。

董胡は仕方なく着物をさばいて腰をおろし、扇で顔を隠したまま座して待つ。

しばらくすると、朱雀の侍女頭がぶつぶつ言いながら戻ってきた。

「もう……姫様ったらどこに行かれたのかしら。お部屋にいらっしゃらないわ」

「え？」

「捜して参りますので、ここで待っていて下さるかしら、玄武の方」

「あ……ええ。分かりました」

朱雀の侍女頭は慌てた様子もなく、うろうろと捜しに行ってしまった。

その様子から考えると、よくあることらしい。

董胡ですら侍女に伝えることなく部屋を出ることなどないというのに、朱雀の后宮はずいぶん自由な家風なのだと驚いた。姫君が行方知れずなどということがあれば、玄武の后宮なら大騒ぎになっているはずだ。

貴族の姫君とは、みんな玄武の姫君のように堅苦しい暮らしをしているのだと思い込んでいたが、領地によってずいぶん違うものなのかもしれない。

いったい朱雀の姫君とはどんな方なのだろうと考えていると、突然ドーンと突き上げるような太鼓の音が響いた。

董胡ははっとして、扇の隙間から中庭の舞台に視線を向けた。

舞台の真ん中には、いつの間にか真っ赤な水干《すいかん》に白い長袴《ながばかま》を穿《は》いた人物が片膝《かたひざ》を立てて座っていた。これから新たな舞が始まるらしい。

縦長の赤い冠をつけ、長い黒髪は左右一束を前に垂らし残りを後ろで結わえている。左手に蝙蝠扇《かわほり》を持ち、腰には長い刀を佩《は》いていた。着物の装飾は胸元と袖口《そでぐち》に留めつけられた真っ白な菊綴《きくとじ》だけなのに、輝くような華やかさを感じる。

後ろには三人の舞妓が巫女《みこ》装束を着て真ん中の人物につき従うように跪拝《きはい》している。

ドンドンドンと速度を速めて鳴り響く太鼓に合わせて、舞人《まいびと》が立ち上がり蝙蝠扇を開き流線を描き始めた。二人の舞妓もそれに合わせてくるくると衣装を翻している。

袖括《そでくくり》の長い緒が、時間差をつけてゆったりと揺れる様が風雅だ。

その流麗な動きと所作の美しさに董胡の目は釘付《くぎづ》けになった。

（すごい……。これが朱雀の一流の舞人なのか？）

そういえば大朝会で人気の紅拍子の一団が滞留していると言っていた。

(ではこの人が紅薔薇貴人? 朱雀で話題の紅拍子?)

確か男装の舞妓だと言っていた。

(では女性なのか……)

だが、目の前の舞人は男性にしか見えない。

化粧をして美しく整った顔立ちは確かに中性的ではあるが、きりりとした眉《まゆ》も強い光を放つ凛《りん》とした瞳《ひとみ》も一切女性を感じさせない。切れのある扇さばきも、大きく足を踏み出す勇猛な舞も雅《みやび》やかな男性のものだ。

くるりと回って水干の袖が広がる様に、うっとりと見惚《みと》れてしまう。

これほど美しい舞人を見たのは初めてだった。

気付けば、いつの間にか扇をおろして広縁から乗り出すように見つめていた。

そんな董胡に、ふと舞人の視線が止まる。

一瞬、その目が大きく見開かれたように感じた。

(あっ、いけない!)

扇を下げて董胡の顔が丸出しになっていた。

高貴な女性としては、あるまじき失態だ。

迂闊《うかつ》な姫に呆れたのだろうと慌てて扇で顔を隠した。

(あまりに美しい舞で、身分を忘れてしまっていた。見られただろうか……)

后宮《きさきぐう》の侍女頭を名乗る姫君なら、后に次ぐほどの身分であるのが普通だ。そのような姫君にとって下々に顔を晒《さら》すことは一番不躾《ぶしつけ》なことなのだと茶民にうるさく言われていたのに。

大朝会だけは、その場のほとんどが官位を持つ女性で、役割の都合上、朝会の間は扇を下げるように言われていた。だがここは朱雀の后宮で、舞人はおそらく平民の舞妓だ。顔を晒していい相手ではない。

（茶民に話したら大目玉をくらいそうだな……）

茶民には黙っておこうと心の中で呟《つぶや》いた董胡は、ふと間近に人の気配を感じて扇に隠していた顔を上げた。その途端。

「あっ!!」

いつの間にか、舞台にいたはずの紅拍子が董胡の目の前に立っていた。

一瞬目が合って、慌てて扇の中に深く顔を隠したのだが……。

「わっ!!」

その扇がぐいっと上から摑《つか》まれて、止める暇もなく取り上げられた。

「な、なにを……」

非難するより早く、紅拍子の長い指先が董胡の顎《あご》をくいっと持ち上げる。

覆いかぶさるように上から見下ろす紅拍子と、真正面から見つめ合う形になった。

間近に見るその肌は、遠目で見るよりもずっときめ細かく、凜々《りり》しく化粧を施された瞳は涼しげに澄んでいる。うっとりと引き込まれそうな美貌《びぼう》だった。

「な、なにをなさいますか！」

はっと我にかえって紅拍子の指を振りほどくと、菫胡は両袖《りょうそで》で顔を隠した。

確か朱雀の舞妓というのは、舞団に売られた平民や貧民の身分だったはずだ。

貴族の姫君の扇を取り上げるなどという無礼は、重い懲罰を受けても当然の行いだ。

いくら売れっ子の紅薔薇貴人とかいう人だったとしても……。

それとも朱雀の売れっ子には、このような無礼講が許されているのか。

ともかく扇を返してもらいたい。

「あ、あの……私の扇を……」

袖の隙間から見上げると、まだ紅拍子は腕を組んで考え込むように菫胡を見つめている。

どきりと心臓が跳ねて、菫胡は再び袖の中に顔を隠した。

ただ腕を組んで立っているだけで、眩暈《めまい》がするほど美しい。

抗《あらが》えない美しさというものを初めて知った。

レイシの天人を思わせる神聖な美しさとはまた違う、圧倒的な美貌だ。

どうしようかと頭の中が真っ白になっていたその時。

「まあぁ！　姫様！　何をしておいでですかっ!!」

菫胡の背後から朱雀の侍女頭の悲鳴のような声が響いた。

「姫様？」

董胡は驚いて侍女頭に振り返り、もう一度顔を戻して紅拍子を見上げた。

「どこに行かれたのかと捜し回っていたら、また、そのような紅拍子のまねごとを！」

朱雀の侍女頭が目の前の紅拍子にきゃんきゃんと文句を言っている。

「客人を連れて来るようにおっしゃったのは姫様ですよ！　それなのにそのようなお姿で」

「そうですよ。だから、このように舞でもてなしているのですよ、禰古《ねこ》」

禰古と呼ばれた侍女頭の激しい剣幕に動じることもなく、紅拍子は涼しげに答えた。

「ど、どこの姫君が紅拍子姿でもてなすのですか!!　しかも皇帝の寵を争う相手でもある玄武の方にこのような破廉恥なお姿を。すっかり軽んじられてしまいましたわ！」

「そう？　あなたは私の舞を破廉恥だと思いましたか？」

紅拍子は、今度は呆然《ぼうぜん》としている董胡に尋ねた。

「い、いえ……。この世のものとも思えぬ美しさでした……」

董胡は思わず正直に答えた。

「ほら。こちらの姫君は気に入って下さったようですよ。良かったですね」

「もうっ!!　姫様っ!!」

なんだか自分と茶民とのやりとりを見ているような気がしておかしくなった。

どうやらこの紅拍子が朱雀のお后、その人であるらしい。

「さあ、ともかく困っておられるようだし、お部屋に案内しようじゃないですか」

「困らせたのは誰でございますかっ！　まず扇を返して差し上げて下さいませ！」

「ああ、ごめん、ごめん」

ようやく扇を返してもらい、部屋の奥へと案内された。

三、朱雀の朱璃姫

朱雀の后の部屋は、玄武のものとはずいぶん違っていた。

部屋の内装も漆喰《しっくい》の白い壁と朱色の柱で統一され、金の鳳凰《ほうおう》をあしらった螺鈿《らでん》細工の屏風《びょうぶ》が重ね置かれて、霊鳥に導かれるように御座所《おましどころ》へ誘われる。

御簾《みす》を巻き上げた御座所は薄手の艶《つや》やかな布が幾重にも垂れ下がり、背後に大きな月を描いたような紫檀《したん》の飾り棚がある。燭台《しょくだい》がいくつか置かれているが、夜になって火をともすと、さぞかし幽玄な雰囲気になるのだろう。

一目見て、董胡は后として完全敗北だと思った。

さすがに妓楼《ぎろう》を多く持つ朱雀は、殿方を迎えるもてなしに長《た》けている。

一代々の皇帝が朱雀に足繁く通いたくなる気持ちもよく分かる。

ここは一時、過酷な現実を忘れさせてくれる桃源郷なのだ。

しかも、その御座所に座しているのは粋《いき》な唐衣《からごろも》に着替えた先ほどの紅拍子だ。この部屋では扇は無用と、朱雀の后も、前に座る董胡と禰古も、顔を晒していた。

男装姿も似合っていたが、女装姿もため息がでるほどに美しい。

ずいぶん寛《くつろ》いだ様子でゆったりと脇息にもたれている姿も艶《なま》めかしい。

だが朱雀特有の唐衣はさておき、董胡の想像していた姫君とは少し違っていた。

縦長の紅冠をとり、黒髪を片側にゆったりと束ねているのだが、長さが男性貴族ほどしかない。髪の長さが上流の姫君の証《あかし》でもあると聞いたが、そう考えると異例の短さだ。

「姫様、かもじを付けてくださいませ！　玄武のお方の前ですのよ！」

かもじというのは、付け髪のようなものだ。

どうやら公式の場では、かもじを付けて誤魔化しているらしい。

董胡ももし髪が短ければ、かもじを付けて輿入《こしい》れすることになっていたはずだ。

平民育ちの董胡なら分かるが、朱雀公の娘として育てられたはずの姫君がなぜこれほど髪が短いのか不思議だった。その董胡の視線を感じて、禰古が小言を言ったのだ。

「紅拍子姿も披露したことだし、今更取り繕う必要もないでしょう？」

「もう、姫様ったら……」

禰古はため息をついて呆《あき》れているが、文句を言いながらも慕っているのが伝わってくる。

「朱雀公の娘なのになぜ髪が短いのかと思いましたか？」

朱雀の后は、董胡に尋ねた。この人は遠回しな物言いをしない人らしい。

「はい……あ、いえ……その……」

董胡もつられてつい本音で答えてしまった。

そんな董胡に「ふふ」と笑いをこぼして朱雀の后《きさき》は驚くようなことを告げた。

「私は元々、朱雀公の娘として育ったわけではないですからね」

「え？」

思いがけない告白に董胡は啞然《あぜん》とした。

（まさか、この方も私と同じように替え玉としてあてがわれた人なのだろうか？　まさか人気舞団の舞妓《まいこ》を替え玉に？）

先ほどの優雅な舞と、この美貌を鑑《かんが》みれば充分ありえることだった。

だが恋敵ともなる玄武の侍女頭にそんな重大な秘密を話してしまっていいのだろうか。

「数年前に朱雀公の血筋が絶えたのは知っていますか？」

「え？　いえ……」

にわか貴族の董胡は、玄武の系譜としきたりを教え込まれただけで、他の領地のことはよく知らない。おそらく無用の知識として玄武公が耳に入れないようにしていたのだろう。

「現皇帝の母君が朱雀の姫君だったというのは？」

「あ、それは以前、こちらの侍女頭の方にお聞きして……」

禰古は董胡の隣で肯《うなず》いた。朱雀の后が話を続ける。

「そう。凰葉《おうは》様とおっしゃった。お美しい方でした。だが陛下がお生まれになって二年後に亡くなられた。その後、凰葉様の父君であられる朱雀公と、兄君であられる次期朱雀公が次々にお亡くなりになり、血筋が絶えてしまった」

「そ、そうだったのですね……」

帝《みかど》、あるいはレイシの母と、その家族となる人々だ。その辺りのことは、茶民に聞いても知らなかった。系譜の類《たぐい》も他領地のものは簡単に手に入らず、分からずじまいだった。

「そこで次の朱雀公として名前が上がったのが、凰葉様の大叔父《おおおじ》に当たる方でした。凰葉様の祖父である前朱雀公の弟君です。しかし高齢のためその長男が朱雀公になるはずでした。ですがその方も突然の病に倒れ、次男坊の我が父に朱雀公の席が回ってきたというわけです」

「はあ……」

頭の中が混乱するが、つまりこの姫はかなり朱雀公から遠い存在だったらしい。

「我が父は幼い頃から引っ込み思案な性格でね。優秀な兄がいたため、早々に家督から外され、都の大きな妓楼を与えられました。そして当時人気を誇った舞団の『孔雀貴人《くじやくきじん》』という舞妓を娶《めと》って隠居生活を楽しんでいました。そこで生まれたのが私です。舞妓を母に持ち、妓楼で毎日のように催される舞団を見て育ちました。いずれは母のように自分の舞団を持つことを夢見て奔放な子供時代を過ごしたのです。それが突然、帝の一の后になれって言われてもね。迷惑な話ですよ」

「ひ、姫様……。つまびらかに話し過ぎでございます！」

明け透けに話す姫君に、禰古の方が慌てている。

当然ながら恋敵の侍女に話すような内容ではない。それに禰古の話と違う。

朱雀の姫君は帝の寵愛《ちょうあい》を受けて睦《むつ》まじく過ごしているのではなかったのか。

「本当はここまで話すつもりはなかったのです。でも、あなたを見て気が変わりました」

「私を見て？」

菫胡は朱雀の后に問い返した。

「私はあなたにそっくりな人を知っているのだけど……ずいぶん昔のことだし、彼女はまだ大人の化粧をしていなかったから、断言はできないけれど。ねえ、ちょっと化粧を落としてみてくれませんか？」

「えぇっ⁉」

菫胡はぎょっとして身を引いた。

「姫様‼ 冗談もいいかげんにして下さいませ。玄武の方が驚いていますわ」

禰古が止めてくれたが、朱雀の姫君は本気だったらしく残念そうにしている。

「じゃあ、名前を教えて下さい。それならいいでしょう？」

「そ、それは……」

高貴な姫君は誰彼なく名前を言うものではないと教わっているが、相手が目上となれば言うべきものなのだろうか。だが、そもそも侍女頭代理というのは仮の姿であって、名前も適当に付けた偽名でしかないことが気になった。

躊躇《ためら》う董胡が貴族としての体面を気にしているのだと朱雀の姫君は思ったらしい。

「ではこうしましょう。私の名を言いますから、あなたも教えて下さい。それならいいでしょ？」

「姫様‼」

禰古が慌てている。帝の一の后こそ、誰彼と名を言っていいはずがない。

だが禰古が止めるよりも早く朱雀の后が口を開いた。

「私は朱璃《しゅり》。さあ名乗ったのだから、あなたも教えて下さい」

禰古がやれやれと首を振って呆れている。

目上の姫君に名乗られてしまったら答えるしかなかった。

「私は……董麗……と申します……」

「とうれい⁉」

朱璃姫は驚いたように立ち上がった。

「どんな字ですか？　私の字はこうです。あなたは？」

朱璃姫は紙と硯《すずり》を持ってきて、さらりと自分の名を書くと、董胡にも白紙を渡した。

董胡は仕方なく筆を受け取り、さらさらと自分の仮名《かりな》を書き記した。

「董……麗……」

朱璃姫は考え込むようにその字を眺めている。

「『とうれい』という名など朱雀でもよくありますわ。珍しくもないでしょう？」

禰古が朱璃姫の様子に首を傾げている。

「でも私が知っている方と同じ呼び名ですよ？　そんな偶然あるでしょうか？」

「！」

董胡はふと、朱璃姫の言う『とうれい』が母だと言われている濤麗《とうれい》ではないのだろうかと思った。そもそもこの仮名も母の名の漢字を変えただけの名だ。

「その方は……玄武の姫君なのですか？」

玄武の姫であったなら、董胡の母親である可能性も高くなる。だが。

「いいえ、朱雀の方です。この朱雀の三の后宮に住んでいました。二十年も前のことです。我が母君の孔雀貴人と凰葉様は交流があって、子供の頃に母に付き添って何度か后宮を訪れたことがありました。おそらく朱雀の后宮の侍女見習いか、乳母の娘ではないかと思っていたのですが」

「朱雀の……」

朱雀の侍女見習いや乳母の娘が玄武公の妻となることがあるのだろうか？

その可能性はずいぶん低いような気がした。

それにここで董胡の素性がばれても困る。

「私の母は……玄武の者でございます」

「そうですか……。やはり他人の空似でしたか……」

董胡が答えると、朱璃姫は少しがっかりしたように呟《つぶや》いた。

「その……私によく似た方はどうしておられるのでございますか？」

「それが分からないのです」

「分からない？」

董胡は朱璃姫の言葉をなぞって尋ねた。

「さっきも話したように、凰葉様が亡くなったあと、次々にそのお血筋の方々が亡くなって、この后宮も新たな朱雀公のもとで再編されることになりました。その時、それまで后宮にいた者たちは一掃されたそうです。ですがその後、新たな朱雀公になるはずだった方も病に倒れ、長患いされて混乱が続き、この后宮の者たちがどうなったのか分からなくなってしまいました」

「では……その方は……」

「生きているのか、死んでいるのかも分かりません」

朱璃姫は悲しげに目を伏せた。

その様子から、なにか深い関わりがある人なのだろうと思った。

「…………。とうれいのことはともかく、さっきの話に戻しましょう」

朱璃姫は気持ちを切り替えたように董胡を見つめた。

「私は誰かの妻になるということにまったく興味がありません。その相手が皇帝であっても同じです。突然一の后だなどと言われても迷惑千万な話です」

「え……でも……」

やっぱり禰古の言っていた話と違う。

ちらりと禰古を見ると、ばつが悪そうに視線をそらした。

「私は父が朱雀公に指名される前に、すでに『光貴人《ひかるきじん》』の名で紅拍子の舞団で舞を始めていました。かなり人気もありました。紅拍子の流行を作ったのは私だと自負しています」

「え……。朱璃姫様が？」

だが、先ほどの舞を見れば人気の紅拍子であったのは想像に難くない。

「ですが父が朱雀公となり、私は急に鳳氏《ほうし》の一の姫として窮屈な貴族の姫君の暮らしを強要されることとなりました。平民である母も無理やり離縁され、父は貴族の妻を娶ることになりました。まったく迷惑な話です。私の家族は誰も望んでいない事態なのです」

そうだった。考えてみれば、舞妓《まいこ》である朱璃姫の母は貴族の姫君ではない。平民の母に育てられたから、この姫君はこれほど奔放で自由なのだ。

そして平民育ちの董胡は、急に親近感を持った。

(好きだな、この姫君……)

最初は圧倒されるような美貌《びぼう》に魅せられたが、その生い立ちや話しぶりを見るにつけ、沸々と好感が湧いてくる。

「帝も多少の調べはついていたのでしょう。私の素性をお話ししても驚かれることはありませんでした」

「は、話したのでございますか？　帝《みかど》に……」

董胡はいよいよ驚いた。

この姫君は、こちらが心配になるほど自己保身をしない人のようだ。

「勘違いされて言い寄られても迷惑ですからね。いきなり御簾《みす》に入ってきたら、投げ飛ばしてやろうと思っていました」

「それは……」

董胡も后宮《きさきぐう》に入った最初に思っていたことだ。共感しかない。

「でもあちらも、はなからそんな気はなかったみたいですね」

「え……でも……」

饗宴《きょうえん》に招命され、その後も后宮に通われているのではなかったのか。

自慢げに語っていたはずの禰古は、すっかり俯《うつむ》いてしまっている。

「今日あなたを呼んだのは、玄武のお后様に誤解しないように伝えたかったからです」

「誤解？」

「私は帝の寵愛を争うつもりもないし、長くこの后宮にいるつもりもありません」

「それはどういう……」

一の后の座を捨てて紅拍子に戻るつもりなのかと思った。そんなことが出来るなら、董胡だって薬膳《やくぜん》師・董胡となってレイシに仕えたい。

だが朱璃姫の話は、もっと予想外のものだった。

「我が領地では近いうちに、再び朱雀公の血筋が代わることになります」

「な！」

さらりととんでもないことを言った。

「驚くことはありません。予定通りのことなのです。我が父の兄君……突然の病の末亡くなられた、先の朱雀公には息子がいます。我が父は彼が成人するまでの繋《つな》ぎのようなものなのです。父も家族も納得しています。時期が来れば、喜んで地位を渡すつもりなのです。そして新たな朱雀公のもと、后宮も再編されることでしょう。先の朱雀公には娘もいます。その方が正式に一の后になられることでしょう」

「では朱璃姫様は……」

「二年……あるいはもう少し時間がかかるでしょうか。その後は、父は妓楼《ぎろう》の楼主に戻って母と復縁し、私は紅拍子として舞団を率いるつもりです」

「………………」

禰古も納得しているのか、黙ったまま聞いている。

「では……最初から期限付きで輿入《こしい》れされたのですか？」

「そうですね。どちらにせよ、現皇帝の治世は短いという噂も流れていました。私が一の后になる方が、却《かえ》って都合が良かったのでしょうね」

董胡は玄武の内情しか知らなかったが、それぞれの領地でも複雑な問題があるらしい。

「それとももう一つ。輿入れに興味のない私が、しぶしぶながらも承諾した理由があります」

「理由？」

「先ほど話した『とうれい』の行方を捜すためです」

「!!」

「彼女がいた后宮に入り込めば、何か分かるかと思ったのです。だから一の后などという面倒な役を引き受けることにしたのです」

「そ、そこまでして……。なぜその『とうれい』という方を？」

朱璃姫と『とうれい』という娘に何があるのか。

「もちろん想い人だからですよ」

「え？」

当然のように答える朱璃姫に、董胡は目を丸くした。

冗談で言っているのかと思ったが、ふざけているようでもない。

だが朱璃姫は中性的ではあるものの女性には違いなく、『とうれい』も后宮に住んでいたからには女性のはずだ。啞然《あぜん》と考え込む董胡を見て、朱璃姫は「ふ」と微笑んだ。

「まあ、とにかく玄武のお后様には、帝の寵愛《ちょうあい》を奪われたなどと心配する必要はないと伝えておいて下さい。おそらく帝は玄武のお后様を気にかけておいででしょうから」

「ま、まさか……気にかけるだなんてそんなこと……」

「どうやら帝は噂に聞いていたほど愚鈍でも冷酷でもないようですしね。むしろ真面目過ぎて、どうも不器用なところがおありのようです。私のもとに通うのはいいが、玄武のお后様が気になるならもっと会いに行けばいいのに……」

「気になる？」

董胡はどきりとした。

「侍女頭として側で見ていて気付きませんか？」

「いえ……全然……」

朱璃姫の方が驚いた。

「じゃあ私の思い違いなのかな？　帝は玄武のお后様に惹《ひ》かれておられるのかと思ったけれど……」

「ま、まさか！　そんなご様子はまったくありません！」

董胡は自分のことのようにきっぱり否定した。

「側で見ているあなたがそこまで否定するなら私の考え過ぎのようですね。私のこういう勘はよく当たるのに。おかしいな……」

朱璃姫は不思議そうにしながらもあっさり引き下がった。

「み、帝はやはり朱璃姫様に惹かれておいでなのではございませんか？　だから饗宴にも招命され、后宮にも頻繁に通ってこられるのだと思います」

董胡が言うと、朱璃姫は脇息から体を起こし姿勢を伸ばした。

「そう。実はここからが本題なのです」

「え？」

今までの話も充分本題だらけだったように思うが、玄武の侍女頭を后宮まで呼び寄せた本当の理由がまだあったらしい。

「饗宴に私だけが招命を受けたのは目的があったからなのです」

「目的？」

「そう。帝は宴《うたげ》の途中で私の御簾の中にまでお越しになった」

何度聞いても、董胡の心がつきんと痛む。

だがそれは董胡が想像していたものとはまったく違っていた。

「帝は私の御簾にきて『先読みの詔《みことのり》』をお告げになったのです」

「な!!」

前回の三件以降、先読みの詔が出たという話は聞いていない。

噂にうとい董胡だったが、そんな大きな情報があればさすがに耳に入るはずだ。

「今回の詔は内々に私にだけ告げられました。災害のように公《おおやけ》にして防げるものと、公にすることで却って解決が難しくなるものがあるようです。今回は後者でした。ですが帝が朱雀公である父上と密談するとなると、いらぬ憶測が飛び交うこともあります。だから朱雀の后である私だけに、こっそりお告げになられたのです」

「まさか……。では……」

「そうです。后宮に通って来られているのも、先読みの変化を逐一報告して下さっている」

まさかそんなことになっていたとは。

「で、ですが、それをなぜ玄武の侍女である私に……」

朱雀の后に内々にということは、朱雀の領地内での先読みであるはずだ。

玄武の侍女が知ってどうなるというのか。

「実は朱雀の妓楼で妙な病が流行《はや》るらしいのです。朱雀にも医師はいるので調べさせていますが、本家の玄武ほど医術に通じた者がいるわけではありません。以前から父上が玄武公に良い医師を派遣して欲しいと頼んでいるのですが、のらりくらりと躱《かわ》されて一向に寄越す気配もありません。玄武の后宮には優秀な専属医官を置いていると聞きました。お后様に頼んで少しの間、私にお貸し願えないだろうかと思ったのです」

「専属医官を……？」

それはさすがにまずい。

鼓濤の専属医官と言えば董胡だ。

顔を見られている朱璃姫の前に現れるわけにはいかない。

「わ、私の一存では何とも申し上げられませんが、専属医官を貸し出すのは、さすがに姫君がお許しにならないかと……申し訳ございませんが」

「やはりだめですか……。直接私がお后様にお願いしてもだめでしょうか？」

朱璃姫は諦《あきら》めきれないように食い下がった。

直接もなにも、目の前にいるのが玄武の后《きさき》であり専属医官なのだから答えは同じだ。

「畏《おそ》れながら難しいかと……」

「うーん……。ではせめてここでお会いして、助言を頂けないでしょうか」

だから会うのが無理なのだ。できることなら協力してあげたいが、もはや朱璃姫には侍女頭・董麗としてしか会うことはできない。

「も、申し訳ございません」

「……。そうですか……」

朱璃姫は何事か考え込んでいたが、急に力尽きたように気だるそうに脇息にもたれた。

「今日は久しぶりに舞を披露したせいか疲れました。この話はまた改めて……あふ……」

絵になる欠伸《あくび》を漏らして、朱璃は話を打ち切った。

そうして、董胡はようやく朱雀の后宮から解放された。

◆

玄武の侍女頭が帰った後、朱璃は禰古と二人だけになった。

「姫様ったら。医師の派遣をお願いするにしても、何もあそこまで話す必要はございませんでしたのに。董麗様が口の軽い者で、王宮中に変な噂でも流されたらどうするのですか」

禰古は玄武の侍女に余計な内情まで話したことに不満を持っていた。

「彼女は大丈夫ですよ。あの顔立ちの人は誠実に決まっています」

「根拠のない自信を持たないで下さいませ。美人ほど腹黒いのは、妓楼《ぎろう》育ちの朱璃様ならよくご存じでございましょう」

「董麗は特別ですよ。私は一目で彼女を信じると決めました」

禰古は朱璃の言い分に、妻妾《さいしょう》が拗《す》ねるようにぷっと頰を膨らませた。

「二十年も前に、何度か会っただけの女性をなぜそこまで想うのですか？」

「私の初恋ですからね。初恋の人というのは忘れられないものですよ」

幼い頃から妓楼を見て育った朱璃は、様々な修羅場を見聞きしたせいなのか、独特の恋愛観を持つようになった。性別に関係なく無垢《むく》なものが好きだ。輝くような陽《よう》の気を発している者が好きだ。暗闇をすべて光で包むほどの輝きを放つ者が好きだった。

「私はまだ五歳。『とうれい』は十代半ばぐらいでした。単姿《ひとえ》で袴《はかま》をたくしあげて、后宮の中庭を駆け回るようなお転婆な少女でした。彼女が通るだけで光の道が出来るような気がして、私はあとをついて回りました。彼女が笑うと光が弾《はじ》けるような気がしました。妓楼にいるどんな絶世の美女よりも心に沁《し》み込む美しさだったのです」

朱璃は当時を懐かしむように呟《つぶや》いた。

「董麗様は朱璃様の初恋の人とは別人ですのよ。当時十代半ばなら現在は三十代半ばぐらいでしょう？」

「だから娘なのかと思ったのだけどね。さすがにそう都合よく見つかるはずはないですね。それに娘に同じ名前を付けるはずもないだろうし」

朱雀の后宮に入ってから、残されていた書物や調度品などから手掛かりを捜しているが、『とうれい』という名前だけでは何の情報も見つけられなかった。不思議なことに当時宮に仕えていた侍女や女嬬《めのわらわ》や雑仕《ぞうし》に至るまで、まったく消息が摑《つか》めない。

そんな中で現れた『とうれい』にそっくりな玄武の侍女頭に、朱璃の気持ちは急速に惹きつけられたのだった。

「それに后宮から去るつもりだなんて。まだ決まったわけではございませんわ。このまま帝《みかど》の寵愛《ちょうあい》が深くなって皇子がお生まれになるようなことになれば、朱璃様は皇后になられます。朱雀公が代わったとしても一の后は朱璃様が望むならこのままでいいと仰せなのでございましょう？」

禰古は朱璃が皇后になることを望んでいた。

「私に紅拍子に戻って欲しくないの？」

「それは……」

禰古は『光貴人』の熱心な支持者だった。

いや、禰古のみならずこの朱雀の后宮の侍女たちは、ほとんど『光貴人』を愛していた信奉者だ。

妓楼育ちの朱璃が朱雀公の一の姫になると決まった時、半分平民の血が流れる姫君に仕える貴族の娘などいるのかと危ぶまれた。だがふたを開けてみると、当時大人気だった『光貴人』の侍女になりたいという貴族女性で溢《あふ》れかえる始末だった。

舞妓《まいこ》の中でも『貴人』の敬称を持つ者は、貴族専用の特別な存在だった。

貴族の依頼しか請け負わず、平民以下は大きな祭事で遠目にしか見ることは敵《かな》わない。

実力で『貴人』の地位を勝ち取った者もいれば、朱璃のように貴族の血を持つ者は最初から『貴人』を名乗る場合もある。朱璃は実力と血筋を兼ね備えた、貴族女性の憧《あこが》れの紅拍子だった。特にその中性的な魅力に、本気の恋心を抱く者も少なくない。

禰古もまた、そんな一人だった。

「もちろん『光貴人』の朱璃様も見たいですわ。でも、私は皇后になった朱璃様も見たいのです。帝には……いいえ。伍尭國には朱璃様のような方が必要なのですわ」

朱璃の侍女たちは『光貴人』を愛していたが、いつの間にかそれ以上に『皇后・朱璃』を見てみたいと思うようになっていた。

そしてそれは、もはや手の届く範囲に近付いた夢だった。

「帝は朱璃様にずいぶん心をお許しになっていますわ。わざわざ玄武のお后様にお譲りになるようなことを言わなくても良かったのに……」

禰古はそれも不満だった。

「馬鹿だね。帝は私を女性として見ているわけじゃないですよ。私に心を許していらっしゃるのは、私が寵愛を望まないと分かったからですよ」

素性を白状してからは、すっかり友人のように語り合う仲だ。

三歳年下だと聞いた帝は、誠実で少し不器用な弟のように感じている。

「で、ですが朱璃様がその気になれば、帝だってすぐに心奪われておしまいになりますわ」

禰古には朱璃の美貌《びぼう》をもってすれば、男性も女性もいちころに思えた。

「帝を甘く見ない方がいいですよ。あの方は噂に聞くようなうつけではない」

「そ、それは……私も最初は噂を信じた時もございましたが、今はそうは思っておりませんわ。ですが三歳も年下で恋愛には初心《うぶ》な方のようにお見受け致しました」

「確かに……初心かもしれないけど……。そんなことではない。貴族の間では、帝の治世が短いと思っている者も多いようですが、本当にそうかな？　あの方は今はまだ若く、頼りなげなところもありますが、内に大きな力を秘めておられるように感じる。多くの貴族たちは、あの方の力量を見誤っているのじゃないかな」

「それほどまでに高く評価なさっているなら、尚更《なおさら》、朱璃様が皇后になられるべきですわ。朱璃様こそが国の母となる皇后に相応《ふさわ》しいお方です！」

朱璃の周りの女性たちは、彼女を愛しすぎている。

愛が深すぎて、朱璃を頂点まで押し上げるためなら命さえも投げ出しかねない。

当の朱璃が少しも望んでいないというのに。

「まあ、とにかく、今は朱雀の流行り病を防ぐことに専念しましょう。あふ……」

「もう姫様ったら。そんな所で寝ないで下さいませ」

朱璃は脇息にもたれかかったまま再び欠伸をもらし、もう目を閉じようとしている。

「例の準備を進めておいて。やはり玄武のお后様と直接話さねばならないでしょう……」

言いながら、すでに寝息をたてている。

「分かりましたから、お風邪をひきますったら、姫様」

爾古はため息をついて、そっと肩に厚地の着物をかけて心配そうに顔を覗《のぞ》き込んだ。

「以前はこれぐらいでお疲れになる姫様ではなかったのに。王宮に来てから、疲れやすくなっておられるようだわ。朱璃様には王宮の暮らしは合わないのかしら」

最近やたらにどこでも眠ってしまう朱璃が気になっていた。

四、翔司皇子

菫胡は朱雀の后宮《きさきぐう》を出て、足早に玄武の后宮に戻っていた。

「すっかり遅くなった。茶民と壇々が心配しているだろうな。急がないと」

急ぐと言っても引きずるような袴と着重ねた衣装の重みで足取りは進まない。

玄武の貴人回廊まで来ると、人気がないのをいいことに顔を隠していた扇をたたみ、着物の裾《すそ》を持ち上げて急いだ。想像以上の重労働だ。息が切れた。

回廊の半ばで立ち止まり汗をぬぐい息を整える。

(それにしても朱璃姫様の周りに見える色は……)

菫胡は先ほどまで会っていた朱璃姫が放っていた独特な色を思い浮かべていた。

(珍しい味覚の方だ。あまり見たことはないが、一人だけいたな)

朱璃姫とそっくりな色を放つ人物を知っている。

(だとすれば、朱璃姫様という人はもしや……)

一つの事実に思い当たった所で、ふと回廊の周りに咲き誇る青紫の花々に目をとめた。

「竜胆《りんどう》だ……」

回廊の周りは緑の葉畳を作る雑草ばかりと思っていたが、竜胆が鐘形に開いた花びらを空に向けている。

「こんなに満開の竜胆が……」

思わずしゃがみこみ、回廊のそばに咲く花に手を伸ばした。

竜胆は秋に咲く多年草で、斗宿では田んぼの周りでよく見かけた。

別名「胃病み草」とも言われ、独特の苦味があって胃の腑《ふ》を整えてくれる。

根茎を乾燥させたものを生薬の竜胆《りゅうたん》と呼び、胃健薬以外にも消炎、解熱、利尿など多くの効能を持つ。平民にはおなじみの薬だ。

青紫の花が枯れる頃に根茎を掘り起こし、水洗いして天日干しするだけでいい。すり鉢で粉末にしておくと、すぐに使える常備薬にもなった。

「あと数日で花が枯れた時が採りごろだ。今度摘みに来よう」

薬草に目がない董胡としては、この雑草畑は宝の山だ。

「大きな籠《かご》を持ってきた方がいいかな……」

回廊に座り込んで思案する董胡の耳に、突然「こほん」という咳払《せきばら》いが聞こえた。

「え？」

驚いて振り向くと、緋色《ひいろ》の袍服《ほうふく》姿の男性貴族が三人立っていた。

真ん中の若い男性はまだ角髪《みずら》結いなので成人前のようだ。

その両脇の年輩の貴族は近従らしい。真ん中の青年を守るように立っている。

「宮様が通られる。おどきなさい」

近従の一人が、もう一度咳払いをして菫胡に告げた。

「あ！　申し訳ございません」

菫胡が着物の裾を広げて座り込んでいたため、通れなかったらしい。

しかも扇を脇に置いて顔を晒《さら》してしまっている。

慌てて扇をつかみ、顔の前に広げようとして、焦るあまり取り落としてしまった。

扇はコンと畳に跳ねて青年の方に転がっていった。

「これ。宮様の前に物を落とすなど無礼な……」

「す、すみません！」

急いで扇に手を伸ばそうとした菫胡だったが、それより早く緋色の袖《そで》が翻り、扇を拾い上げた。驚いて顔を上げると、誠実そうな笑顔が目の前にあった。

男性に使う表現ではないかもしれないが、無垢《むく》で清らかな瞳《ひとみ》をしている。

「宮様、そのようなことは我らが致します。お下がりください」

「よい。扇を拾い上げるぐらいどうということもない。さあ、どうぞ扇を。姫君」

宮様と呼ばれる青年に扇を渡され、菫胡は呆然《ぼうぜん》と両手で受け取った。

緋色の冠をつけて宮様と呼ばれているということは皇族の方に違いない。

「こんなところに座り込んで何を見ていたのですか？」

「そ、それは……えっと……」

曖昧《あいまい》に答えながら急いで扇を広げて顔を隠した。

青年は回廊の外に目をやり肯《うなず》いた。

「ああ。青紫の花がたくさん咲いていますね。なんの花でしょうか？」

問われた近従二人は花の名に興味はないのか首を傾げた。

「竜胆でございます」

代わりに董胡が答えた。

「竜胆？」

「はい。根の部分はとても苦いのですが、胃の腑を整える生薬となります」

「へえ……。この青紫の花たちが？」

「花というか……根茎でございますが……」

青年は姫君にしては知識が深すぎる董胡に首を傾げた。

「あなたは物知りなのですね」

「あ、いえ……部屋に飾る花を探していたので……ちょうど調べておりまして……」

董胡はしまったと、慌てて苦しい言い訳をした。

「部屋に飾る？　玄武のお后様の部屋に？」

この玄武の貴人回廊にいるのだから、后宮の侍女だと考えるのが普通だ。

「は、はい」

まずい。これ以上会話をしたら余計なことをしゃべってしまいそうだと思った。

「あ、あの宮様！　御前を塞《ふさ》いでしまい大変失礼を致しました。どうぞお進みくださいませ」

董胡は回廊の端に寄り、扇で顔を隠したまま頭を下げた。

「………」

青年はまだ何か言いたそうにしばらく董胡を見ていたようだが、やがて近従に促されて行ってしまった。

ゆったりと歩き去る後ろ姿を見ながら、董胡はほっと息を吐いた。

「誰だろう。玄武の后宮に入られるようだけど……」

貴人回廊は帝《みかど》のお渡りのために作られたもので玄武の一の后宮に直通しているが、途中に幾つか階《きざはし》がついていて、地面に下りられるようになっている。

宮様一行は、一の后宮に向かう途中の階で中庭の方に降りていった。

そのまま中庭を進んで二の后宮に向かったようだ。

「二の后宮ということは皇太后様に会いに？　ということは……」

おそらく帝の弟宮だ。母である皇太后に会いにきたのだろう。

（あの方が弟宮様……）

想像していた印象とずいぶん違った。

玄武公が掌中の珠のように大切にしている弟宮は、おそらく帝の廃位を共に企《たくら》んでいる仲間だと思っていた。的当ての儀式なども、玄武公と手を組んで自分の先読みが当たるように画策している黒幕だと……。

「とてもそんな方には見えないけど……」

あの無垢な瞳には腹黒さの欠片《かけら》も感じなかった。

人のよい好青年以外にたとえようもない。

董胡は考え込みながら、一の后宮に入っていった。

その様子を二の后宮の手前で弟宮の翔司皇子がじっと見つめていたことには気づいていなかった。

◆

「もう！　鼓濤様ったら、こんな時間まで何をなさっていたのですか！」

「お館様と華蘭様が皇太后様をお訪ねになっていらっしゃるし、帝からは突然のお渡りの前触れが来るし、どうなることかと思いました。ああ、恐ろしや……」

董胡が后宮に戻ると、二人の侍女が血相を変えて駆け寄ってきた。

玄武公と華蘭が来ていたのだ。それで華蘭の許嫁《いいなずけ》とも言われる弟宮が訪ねてきたのだ。

「ごめんごめん。それより、陛下が来られるの？」

前回御簾《みす》から逃げて以来、久しぶりのお渡りだ。

たいていは前日に前触れがあるものだが、急に当日言われることも稀《まれ》にある。

「何か急用だろうか……」

董胡は朱雀の后宮《きさきぐう》で聞いた先読みのことを思い出した。

(なにか私の方にもご相談があるのだろうか?)

もしかして朱雀の后に聞いて、直接医官の派遣を依頼するつもりかもしれない。

でも陛下に頼まれてもどうにもできないのだが。

「ともかく、何か陛下が召し上がるものを用意しよう。饅頭《まんじゅう》は……今からでは間に合わないか……。どうしようかな」

「鼓濤様ったら、ここは饅頭屋ではございませんのよ」

「料理よりも、鼓濤様のお召し替えが先でございましょう」

「ううん。しばらくお越しになっていなかったから、帝の体調が心配だ。滋養になるものを用意しないと」

レイシが帝であるなら、拒食《きょじき》の症状が残っているはずだ。

レイシになら、食べさせたいものはいろいろある。

「今日の夕餉《ゆうげ》の食材は大膳寮から届いている?」

「ええ。それは届いておりますけど」

「じゃあそれを使って何か作ろう」

董胡は表着を脱ぎ捨て、重ねた袿《うちき》も脱いで、単姿に腕まくりをして御膳所に向かった。

御膳所にて、董胡は后宮に届けられた料理を眺めながら作れそうなものを思案する。

「まずは雑穀を混ぜた粥《かゆ》を作ろう」

「雑穀を混ぜるのでございますか？　帝に雑穀など失礼ではございませんこと？」

茶民が不安げに尋ねた。

「王宮の貴族は白米しか食べてないみたいだけど、本当は雑穀を混ぜた方が五臓六腑《ごぞうろっぷ》に必要な栄養素をしっかり摂《と》れるんだ。ずっと思っていたんだけど、王宮の料理は上品で贅沢《ぜいたく》で見た目は美しいけど、味気なくて栄養が偏っている。これでは長生きできないよ」

「そういえば聞いたことがございますわ。王宮勤めになった貴族は短命になると。気疲れが多いからだと、皆は噂していましたけど……」

壇々が思い出したように言う。

「それもあるかもしれないけど、一番は食事だと思うよ。大膳寮で出されたものだけを食べていたら脚気《かっけ》になる」

「脚気？」

「斗宿では豊食病と呼んでいた。農民の間では白米ばかり食べている金持ち長者の家の者がよくなる病気だった。食欲がなくなり、全身がだるくなって、ひどくなると足が痺《しび》れて歩けなくなり、やがて寝たきりになる。原因はよく分からないけど、卜殷先生が雑穀を食べるように言ったらみるみる治ったんだ」

「まあ！　言われてみると、お金持ちの貴族ほど寝たきりになるのが早いですわ」

「お、恐ろしいですわ。私は雑穀でも何でも食べますわ。私は大丈夫ですわよね？」

「壇々はその調子だと、いずれ太り過ぎで歩けなくなるわよ」

「や、やめてよ、茶民！　だって鼓濤様の作るお料理は全部美味《おい》しいのですもの」

青ざめる壇々に董胡はくすりと笑った。

「本当は月に一度断食をして体を軽くするといいのだけど……」

「だ、断食……それだけは後生ですから勘弁して下さい。お腹がすいて死んでしまいます」

「ふふ。一日ぐらいでは死なないけど、壇々の場合は水分代謝が悪くて水太りのようになっているのかもね。むくみを取る薬膳《やくぜん》茶を作ってあげるよ」

「まあ、本当でございますか！　毎日十杯飲みますわ！」

「そんなに飲んだらかえってむくんでしまうよ」

最近は御膳所で、三人で料理を作り直すのが一番楽しい時間だ。

「さてと……後は何をつくろう。蒸し鶏《どり》があるね。これを甘辛く味付けしてみようか。茶民のために作った豆板辣油を使おう」

「そ、それは、鼓濤様、不躾《ぶしつけ》ながらさすがにまずいのでは……」

「あんな辛いものを帝の御膳に出すなんて……斬り捨てられますわ。恐ろしや」

壇々には火を吹くほど辛かった豆板辣油だ。

「ほんの少しだよ。それに黒酢と……、ああ、林檎《りんご》があるね。これをすりおろして甘味をつけよう」

「り、林檎を調味料にするのでございますか？」

「うん。砂糖や蜂蜜《はちみつ》を使うよりもまろやかな甘味になると思うよ。この調味料を鍋《なべ》で煮て、そこに蒸し鶏を入れてよくからめる。最後に茗荷《みょうが》の薄切りをのせて出来上がり」

それに南瓜《なんきん》や山菜を味付けし直して、旬の柿を添えて簡単な膳を用意した。

そして三人でつまみ食いのような食事を済ませた。

「さあ、お食事が済んだら、すぐにお着替えをして下さいませ、鼓濤様」

「そうですわ。今日は御簾から逃げたりなさいませんようにね」

「むしろ自分から御簾に引き入れて下さいませ」

「ええ、そうですわ！　朱雀の姫君に負けてはなりません！」

「そのことなのだけど……」

そういえば宮に戻ってから慌ただしくて朱雀の后宮に行った話をしていなかった。

あちらの姫君は帝の寵愛《ちょうあい》争いになど興味がないのだと言いたかったのだが……。

「壇々、今日のお召し物はどちらの色がいいかしら？　帯はどうしましょう？」

「髪飾りも華やかにしなくては。玉飾りも選びましょう、茶民」

二人は董胡の勝負着選びに忙しくて聞く耳もないらしい。

こうして急ごしらえの準備で帝のお越しを待った。

◆

「今日は膳を用意してくれたのだな。急に来たゆえ、いつもの絶品饅頭はないものと諦《あきら》めていたのだが、一応毒見を連れてきて良かった」

帝《みかど》の前には高盆に並べた膳が置いてあった。

一通り毒見を済ませた従者は、すでに下がっている。

「私の薬膳師が大膳寮から運ばれてくる料理をいつも調理し直してくれるのです。贅《ぜい》を尽くした御馳走《ごちそう》ではございませんが、政務に忙しい陛下のお体によいものだそうです」

董胡は薬膳師から伝え聞いたように告げた。

「この粥は……色がついて何か混じっているようだが……」

帝が椀《わん》を手に取り、匙《さじ》ですくって覗《のぞ》き込んでいるようだ。

「雑穀のあわときびを混ぜております。それから細く切った昆布とくずした帆立を入れております。昆布と帆立から出る出汁《だし》と絶妙の歯触りで、雑穀も気にならないと思います」

帝は一匙すくって口に運んだ。

「うむ。美味《うま》い。雑穀とは貴族が食べるものではないと教わってきたが、このように美味いものを食さぬとは残念なことだ」

「はい。ほんの少し工夫をすれば、白米とは違った味わいを楽しめます。その上、気血を整え脾《ひ》の臓を助けるありがたい食材でございます」

拒食のレイシには是非とも食べて欲しい料理だ。

「ふふ。そなたが薬膳師のように言うのだな」

「あ、そのように私の薬膳師が申しておりました」

薬膳のことになると、すぐに詳しく説明してしまう。気を付けなければ。

「こっちの鶏料理は何がからまっているのだ？　この赤いものは何だ？」

「豆板辣油に入っている唐辛子かと思います。少し辛味があるのですが、おろした林檎の甘味で食べやすくなっていると思います」

「辛いのか。王宮にいると辛いものはあまり食べられぬゆえに珍しいな」

身分の高い人々に配給する料理で唐辛子を入れるのは勇気のいることだ。

うっかり唐辛子の塊が紛れていて機嫌を損ねるようなことがあれば、免職で済めばいいが、下手をすれば牢屋《ろうや》行きだ。結果、無難な薄味に落ち着いてしまうのだろう。

そうして味気ない料理に食欲を失っていく。王宮病のようなものだ。

「ふむ。少しぴりっとするが、新鮮な味わいだ。おろした林檎がよくからまって鶏から甘辛い汁が溢《あふ》れ出てくるようだ。美味いな。うん、美味い」

帝はしばし黙り込んで、夢中で食べているようだ。

ふと五年前、斗宿の治療院で董胡の饅頭を美味い美味いと夢中で食べたレイシを思い出した。

(やはり……レイシ様なのだろうか。だとすれば……)

つんと鼻の奥が熱くなった。

こんな風にレイシに自分が作った料理を食べてもらうのが夢だった。

正体を明かすことは出来ないが、レイシの役に立てたなら充分だ。

「あの……陛下……」

「ん？」

帝は手を止めて菫胡の方に視線を向けた。

「どうか……私の薬膳師の料理が食べたくなったら……いつでもお越し下さい」

「…………」

菫胡の言葉を聞いて、何故か帝は箸《はし》を置いて両手で頭を抱えた。

「あの……陛下？」

「いや、済まぬ。そなたの事も忘れ、夢中で食べてしまっていた。これではただの物乞《ものご》いのようであるな。今日は本当に饅頭《まんじゅう》目当てではなく、そなたと久しぶりに少しでも語らいたいと思って来たというのに……。あまりに料理が美味くて箸が止まらなかった」

申し訳なさそうに言う帝に笑いがこぼれた。

「ふふ。全然構いません。そんな風におっしゃっていただけて、嬉《うれ》しく思います」

帝は燭台《しょくだい》の灯にほんのり照らされて、こちらを見つめた。

「そなたは……温かい人だ。この后宮《きさきぐう》は……とても心地いい」

優しい声で言われると、董胡の心臓がどきりと跳ねる。

董胡が喜んでいるのか、鼓濤が喜んでいるのか分からなくなった。

日ごと、帝の鼓濤に対する声音は優しく慈しむような響きを含むようになっている。

それは男装医官の董胡にレイシが向ける優しさとはまったく別の種類のものだ。

同じ優しさでも、女性に向けるものと男性に向けるものが違うのか。

それともやっぱりレイシと帝は別人なのか。

火照った頰に戸惑い、董胡はまた分からなくなってくる。

「実は少し忙しくてな。いろいろ調べねばならぬことがある。今日ももう戻らねばならぬ。この宮にもしばらく来られぬかもしれぬ。それを言おうと思ってきたのだ」

おそらくそれは朱雀の先読みのことだろうと思った。

「そなたの侍女頭から聞いているであろう？　朱雀の后にそなたの専属医官のことを話したのは私だ。良い医師はいないかと言われて、つい話してしまった」

「陛下が？」

それで急に呼ばれたのだったかと腑《ふ》に落ちた。

「これほど薬膳《やくぜん》に詳しい医官なら、他の医師とは別の視点から何かを見つけられるやもしれぬと……余計なことを言ってしまった。済まなかったな」

「いえ……余計なことなどと……そのようなことは……」

すでに侍女頭が申し出を断ったことも耳に入っているようだ。

「今回の先読みは、まだ多くの分岐点と可能性を持っている。未来はまだ定まってはいない。だが朱雀の道々に、もがき苦しむ民の姿が徐々に色濃く視えてきている。そして霞《かすみ》のかかったような風景の中に、何故かそなたの薬膳師のような姿が……」

「え？」

帝は言いかけて、はっと気付いたように言い直した。

「いや、角髪《みずら》頭の医官の少年が視えた気がした。それがそなたの薬膳師のように感じたのだ。私の勝手な憶測に過ぎない」

「…………」

帝がレイシならば、玄武の后の薬膳師が董胡であることは知っているはずだ。

だとすれば……。

(帝は先読みの中に医官・董胡の姿を見たのか……)

だから朱璃に董胡の話をしたのだ。これはレイシが董胡だからこそ頼んだ事なのかもしれない。だったら何を置いても応《こた》えたいと思う。

(私が協力することで何かが変わるのだろうか。でも、それは……)

帝や朱璃に董胡の素性がばれてしまう事を意味する。やはりそれは無理だ。

「出来ることなら陛下のお役に立ちたいのですが……申し訳ございませんが今回は……」

「気にしなくともよい。そなたにも事情があるだろう。腕のいい医師は麒麟の都にも大勢いる。心配は無用だ」

帝は安心させるように告げると、膳を食べ終えて帰っていった。

董胡は肝心な時に帝の力になれない自分を歯がゆく思いながら、御簾《みす》の中で頭を下げ見送ることしか出来なかった。

◆

偵徳は初めて見る絢爛《けんらん》豪華な室内を呆然《ぼうぜん》と見回していた。

真っ白な医官服に緋色《ひいろ》の襷襟《たすきえり》をかけて、真っ白な頭巾《ずきん》と、顔面には覆布まで付けている。おかげで偵徳の頬に走る傷痕《きずあと》も隠れ、目だけが見えている状態だ。

同じ装いの医官数名が拝座《はいざ》の姿勢のまま板張りの床で待機している。

目の前の壇上には錦織の縁取りがされた御簾と、雅《みやび》な薄絹の帳《とばり》が幾重にも垂れ下がった豪華な寝所があった。伍尭國皇帝陛下の寝所だ。

御簾の内に入れる者は内医頭《ないいのかみ》である貴族医官の頑兼《がんけん》だけだ。

偵徳たち平民医官は、命じられない限り寝所から少し離れた板床で座して待っている。

昨日王宮に着いたばかりの偵徳は、翌朝の帝の早朝診察にさっそく付き従うことになった。医師免状のない使部《つかいべ》の楊庵は診察の付き添いは出来ず、ここにはいない。

帝の診察は一日二回。早朝と寝る前だ。帝の体調が悪かったならば、昼の診察や夜通し付きっきりのこともあるらしいが、基本は二回と決まっている。

内医司の医官はすべて頑兼に付き添い、医官が出払っている間に楊庵のような使部たちが部屋を掃除したり雑用をしたりして待つ。

（まあ、楊庵は来なくて良かったな）

昨日王宮に到着すると、渡されていた木札を見せただけで内医司の部屋に案内された。人手が足りていなかったのか、すぐに仕事を与えられ医官の仕事部屋に入った。

そしてそこに董胡がいないことが分かった。

（あいつ……大丈夫だろうか。自暴自棄になっていなければいいが……）

使部の大部屋に案内されていた楊庵にこっそり伝えると、泣きそうな顔で絶望していた。

内医司の内部を調べれば何か董胡の手がかりが見つかるかもしれないと励ましたものの、偵徳はもはや董胡は生きていないだろうと思っている。

（まさか前皇帝の内医官の一人として殉死させられたのか？　だが、董胡がいなくなる前に皇帝崩御の噂は出ていた。平民の耳に噂が入るなら崩御から数日経っていたはずだ。だったら陛下が死んでから内医官に任命されたということか……。それも……あり得るのか）

玄武の妓楼に知り合いの多い偵徳は、普通の平民が知り得ない情報を持っていた。

貴族医官が妓女に漏らした情報によると、今回の墓守となった内医官には平民ながら大きな診療所を開くほどになった名医もいたという。若い頃に異国の医術を習い、肌を切り開く切開術という神業が出来る、伍尭國では数少ない医師でもあった。

偵徳もいつかその技術を目の前で見てみたいと憧《あこが》れたほどの名医だ。

あまりにも惜しい才能を、瀕死《ひんし》の皇帝の内医官として玄武公が推挙したらしい。その数日後に陛下は亡くなり、まだまだ多くの民を救えたはずの名医も共に葬られた。

代々、陛下の墓守となる内医官は玄武公の目障りになった医師がなると言われている。貴族医官よりも腕の立つ平民の名医。医術の長となる亀氏の権威を脅かす才能。あるいは亀氏の不興を買った貴族医官。

大義名分を伴った邪魔者の抹殺だ。

玄武公の次男である雄武よりも良い成績を修めた董胡も、充分その対象になる。

(それにしても現皇帝の内医頭である頑兼先生はひどいな……)

内医頭と次官である内医助《ないいのすけ》は貴族医官と決まっているが、まだ内医助は空席で貴族医官は頑兼だけだ。その唯一の貴族医官である頑兼という人物は、齢《よわい》八十を過ぎた老人で、手足は震えが出ていて歩くのもおぼつかなく、言動にも痴呆《ちほう》を疑う兆候がある。国の皇帝の主治医としては、甚だ頼りない。いや、あり得ない。

今回だけは目障りな名医ではなく、死期の間近なやぶ医者を任じたらしい。

「内医頭《ないいのかみ》頑兼が陛下をお診立て仕《つかまつ》ります！」

寝所から、頑兼の音量を間違えた大仰な声が聞こえてくる。

「畏《おそ》れながら気虚の症状が見受けられまする。薬湯を煎《せん》じましょう。補《ほ》中益気湯《ちゅうえっきとう》を……」

「いらぬ！」

頑兼の大声を遮るように涼やかな若い声が響いた。

（あれが陛下の声か……。二十二歳と聞いているが、なるほど健康的な若々しい声だ）

「では鍼《はり》を打ちましょう。この頑兼が自《みずか》ら……」

「いらぬ！」

偵徳は顔を伏せたまま笑いそうになった。

（そりゃそうだろう。あんな震える手で鍼を打たれたらたまったもんじゃない）

内医頭は診立てだけをして、鍼や煎じ薬は板間に控えている平民医官に命じればいいのに、呆《ぼ》けているのか、やる気だけはあるのか、全部自分でしようとする。

（皇帝様も気の毒なことだ）

だが偵徳は同情するつもりなどさらさらなかった。

（自業自得だな。ふん、ざまあみろだ）

偵徳は冷ややかな目で御簾ごしに見える皇帝の影を睨《にら》みつけた。

（内医官の殉死なんて、くだらない制度を作るからこうなったんだ。まともな貴族医官は殉死なんかしたくないから任命されても理由をつけて固辞するだろう。結果、半分呆《ぼ》けたやぶ医者しか見つからなかった。一人で死ぬのが怖いのか知らないが、自分で自分の首を絞めることになったたな。いい気味だ）

偵徳の心の中は辛辣《しんらつ》だった。

（あんたらみたいな甘ったれたお坊ちゃんが権力を持つから、董胡まで犠牲に……）

偵徳が内医官の任務を引き受けたのは、皇帝への忠誠心からではない。

むしろ、憎しみを伴った目的があったからだ。

そのために自分が殉死することになっても構わない。

（だが、ただでこの命をくれてやると思うなよ。必ずあんたら権力者に一矢報いてやる）

麒麟寮で董胡を見守る任務を引き受けたのも、すべてその目的のためだった。

だが董胡のことを知るうちに任務とは別に、愛弟子《まなでし》としての愛着も持つようになった。

だから尚更《なおさら》許せない。

（医術を司《つかさど》るだと？　天術を司るだと？　自分の権威を守るためなら人の命を虫けらのように殺せるやつらなんか、すべて滅びればいい。俺を王宮に呼び寄せたこと、たっぷり後悔させてやる。覚悟しておくことだな）

だが、心の中で息巻く偵徳の目の前に、瞬《まばた》きをした一瞬にいつの間にか男が立っていた。

「!?」

緋色の袍服《ほうふく》の雅やかな男だ。しかし何故か背筋が凍るような不気味さを感じた。

「誰が顔を上げてよいと言った。陛下を盗み見るなど無礼千万」

（まずい……）

つい油断して顔を上げてしまっていた。

「も、申し訳ございません……」

「そなたの纏《まと》う空気には不穏なものがある。何か不敬なことを考えていたか」

「い、いえ……。そのようなことは……」

まさか心を読まれたのかと偵徳は慌てた。麒麟の神官には不思議な力を持つ者がいるという噂を聞いたことはあったが、あまり信じてはいなかった。

「来るがいい。そなたの本心をつまびらかにしてやろう」

「え？　ちょっ……あの……」

さらに瞬きの一瞬に現れた男二人に両腕を摑《つか》まれ立たされた。

だれか助けてくれないかと周りを見たが、同僚の医官達は拝座の姿勢で俯《うつむ》いたままだ。

馬鹿な新入りがさっそく粗相をしたと見捨てるつもりらしい。

「ま、待って下さい！　私は何もやましいことなど……」

必死で弁解しようとする偵徳だったが、引きずられるように連れて行かれてしまった。

◆

「何か騒がしかったようだが？」

朝の診察を終え、黎司は朝食の席についていた。

「少し粗相をした者がいたようです。部屋の外に連れ出され、神官から注意を受けたのでしょう。陛下が気にされるほどのことではございません」

翠明が標準仕様の笑い顔で答えた。

「それならば良いが……。それにしてもこの薬膳《やくぜん》汁は苦過ぎるな。ひどい味だ」

「内医頭が内膳《ないぜん》寮に指示を与えているようでございます。薬湯を拒否なさるので食事に入れるようにと」

内膳寮とは、皇帝の食事を作る部署だ。王宮の料理は大膳寮が作るのだが、皇帝には専属の内膳寮という部署がある。内医司と内膳寮は宮内局でも隔離された特別な部署で、皇帝の体調管理を共有している。

「玄武公はとんでもないやぶ医者を内医頭にしてくれたものよ」

黎司は大きなため息をついた。

医師でなくともやぶだと分かる。就任当初からすべての処置を拒否している。

「ですが、命を狙って毒を仕込むような者よりは良かったではありませんか。本人は内医頭に任命されたことを誉《ほまれ》と思ってやる気だけはあるようでございますし」

少し痴呆の気があって、何かを企《たくら》むほどの複雑さはないようだった。

短い治世と思われていた黎司には、内医頭を引き受ける貴族が他にいなかったらしい。

「初代創司《そうし》帝は内医官の殉死などというくだらぬ制度は作っていなかった。何代か後に、当時の玄武公によって皇帝が唆《そそのか》され定められた法だ。優秀で目障りな医師を咎《とが》められることなく始末したかったのであろう」

何度か悪法を変えようとした皇帝もいたようだが代々の玄武公によって阻止されている。

「膳を下げてくれ。もういらぬ」

黎司は膳にほとんど手をつけぬままに告げた。

「陛下。もう少し召し上がって下さいませ。これでは体力がもちません」

「大丈夫だ。ゆうべ玄武の后《きさき》のもとで董胡の膳を食べた。体調はとてもいい」

翠明は黎司の顔色を見つめ納得したようだ。

「しかし私は……董胡を頼り過ぎてしまっているのかもな……」

黎司はぽつりと呟《つぶや》いた。

「朱雀の医官派遣のことですか？　先読みに董胡の姿が視えたのなら天のお告げでございます。むしろ玄武のお后様が何を言おうと、お命じになるべきかと思いますが……」

「いや、そうじゃないんだ」

黎司は苦笑して、大きなため息をついた。

「？　何か他にあるのでございますか？」

意味が分からず尋ねる翠明に、黎司は少しためらうように答えた。

「董胡ばかりが視えるのだ。誰も彼もが董胡のように視えてしまう」

「それはどういう……？」

「朱雀の街並みに、もがき苦しむ大勢の民が視える。彼らに駆け寄り手当をしている医師が董胡のように視える。妓楼《ぎろう》の中で薬を求めるように手を伸ばす男達が視える。彼らが縋《すが》り摑む妓女の顔も董胡なのだ。妓女は逃げ惑い、追い詰められて部屋の隅で震えている。だがその衣装は黒の表着を羽織った玄武の后・鼓濤らしき姿にすり替わる。怯《おび》えるように振り向いたその顔は……やはり董胡なのだ。私はどうかしているのかもしれない」

黎司は思い悩むように頭を抱えた。

「男性医官の董胡が妓女姿というのも妙な話ですが……。それになぜ朱雀の妓楼に玄武のお后様が？　あり得ません」

「分かっている。私も分かっているから自信が持てない。私の心の澱《よど》みが、天術に誤作動を与えているのかもしれない」

翠明は、もしや……と思い当たることがあった。

（陛下はご自分で気付かれていないが、玄武のお后様に心惹《こころひ》かれておられるのでは……）

恋心というものが天術にどのように作用するのか、翠明にも分からない。

歴代の皇帝の日誌にも、そのような記述はなかった。そもそも近年の皇帝には、天術といえるほどの力を持つ者もいなかったのだ。参考にできるものは何もない。

そして黎司が自覚することが果たして良いことなのか。相手が敵対する玄武公の娘であることを考えると、気付かないままの方がいいように思える。

翠明は、黎司に気付かせないように、もっともらしい言葉を探した。

「もしや董胡の作った料理が、陛下の血肉に影響を与えているのかもしれません。あるいは董胡のおかげという気持ちが無意識の内に董胡ばかりを視せ、主人である玄武のお后様の姿にまで投影してしまったのかも……」

「そうなのか……」

黎司は少し腑《ふ》に落ちたように顔を上げた。

「ともかく……董胡を派遣するのは気が進まない。董胡が逃げ惑う妓女のような危険な目に遭うなら、行かせたくないとも思うのだ。鼓濤が断ってくれてほっとしている」

「そうですね。董胡が危険な目に遭うのは私も反対です。派遣する医官は私が手配致しますからご安心下さい」

しかし、すでに事態は二人の知らぬうちに動き始めていた。

五、朱雀のお茶会

「ど、どうしてこんなことに……。うう……やっぱり無理です……鼓濤様」

「こうする以外なかったんだから、もう諦《あきら》めて、茶民」

思いがけない事情により、董胡と侍女二人は貴人回廊を歩いていた。

「私よりも壇々の方が適任なのでは。今からでも壇々に代わってもらう訳には……」

「無理よ！　緊張で気を失ってしまうわ。恐ろしいことを言わないで、茶民」

今日の三人はいつもと装いが違っていた。

鼓濤が着るべき豪華な刺繍《ししゅう》の散らばる表着を身につけているのは茶民だった。

その茶民に付き従うのが、侍女の壇々と侍女頭の董麗だ。

そして三人が向かっているのが、朱雀の后宮だった。

なぜこんなことになったかというと、数日前に朱雀の朱璃姫から鼓濤宛てに文をもらったことが発端だった。

朱璃姫は、紅拍子の舞を鑑賞しながらのお茶会に玄武の后を招待した。

鼓濤はもちろんすぐに断りの手紙を返した。

自分は大変内気な性格ゆえ、人前に出ることが恐ろしくご容赦くださいませ、と。

だが朱璃は諦めなかった。

それなら御簾《みす》で囲い、誰にも会わぬように配慮致します、と返事がきた。

王宮の退屈な暮らしの中で、紅拍子の舞を見せて差し上げたい。玄武のお后様とは仲良くしたい。とまで書き連ねてあった。

そうまで言われてさすがに断るわけにはいかない。しかも本来なら、序列が上の后には従わねばならない。断れる立場ではなかった。

それに……董胡は先日会った朱璃姫の体調で気になることがあった。

しかし問題なのは玄武の后・鼓濤と侍女頭・董麗が同一人物であることだった。

そして顔を見られているのは董麗だ。

董胡は董麗として行くしかない。

そうなると誰かが鼓濤にならなければならなかった。

というわけで、茶民が鼓濤に扮《ふん》している。

幸いなのは、高貴な姫君というのは扇で顔を隠し、大仰な衣装に隠れて体形の違いもよく分からないことだ。この王宮に鼓濤の顔や姿を見たことのある者など侍女と女嬬だけだ。

誰が身代わりをしていても別人だと分かるはずもない。

なんとかこれで乗り切るしかない。

「ともかく茶民はいるだけでいいから。あとは侍女頭の私が何とかする」

「本当に御簾の中に座っているだけですからね。お願いしますよ、鼓濤様」


朱雀の后宮に入ると、迎えの侍女一人が御簾に囲まれた部屋に案内してくれて、約束通り内気な姫君が気後れすることもなく中庭の舞台がよく見える席につくことが出来た。

（さすがは朱璃姫様だ。気遣いが行き届いている）

人をもてなすということをよく心得た人だった。

「鼓濤様、朱雀の后宮ってすごいですわね」

「まるで竜宮城のようですわ。玄武の后宮とこれほど違うなんて……」

茶民と壇々が小声で耳打ちしてきた。

朱色の柱が続く貴人回廊から驚いていた二人だが、后宮に入ってからは見るものすべてが珍しく、扇の隙間から見える煌《きら》びやかさに感嘆のため息ばかり漏らしていた。

「これでは帝《みかど》が朱雀の姫君を気に入るのも当然ですわ」

「玄武の后宮は地味過ぎでしたわ。これからはもっと工夫をせねばなりませんわね」

董胡が最初にここに来た時に感じたように、二人も完全敗北だと思っているらしい。

ここそこと話し合う二人がいる御簾の外から、突如禰古の声が聞こえた。

「董麗様、姫様がお呼びでございますが、お時間よろしいでしょうか？」

「はい、分かりました」

呼ばれるだろうと思っていた。

内気だと伝えておいた后《きさき》と会えないならば、侍女頭の董麗と会うしかない。

「こ、鼓濤様……。私達だけにするつもりですか？」

「誰か来たらどうするのですか。恐ろしや……」

茶民と壇々が小声で縋りつくように言う。

「大丈夫だよ。茶民はとにかく内気な姫なんだから扇で顔を隠して何も答えなければいい。壇々は何か聞かれても侍女頭がいないので分からないと答えておいて」

「ふ、不安です、鼓濤様……」

「ああ、眩暈《めまい》が……。心の臓が破裂しそうですわ」

後ろ髪を引かれながらも、董胡は禰古に連れられて朱璃姫の部屋に向かった。


「董麗!! よく来ましたね。待っていましたよ。もっと顔を見せて」

部屋に着くなり朱璃は駆け寄ってきて、またしても董胡の扇を取り上げてしまった。

「やっぱり好きですね、董麗の顔。なんて可愛いんでしょう」

朱璃は両手で董胡の顔を挟み込んで、相変わらずの美貌《びぼう》を近付ける。

「しゅ……朱璃様……あの……」

あまりの歓迎ぶりにどう対応していいのか分からなくなる。

「姫様！ 董麗様が驚いていますわ。御簾の中にお戻り下さい」

禰古がやきもちを焼いたのか、拗《す》ねた顔で窘《たしな》める。

御簾の中と言っても、御簾は上まで巻き上げられていて全然姿を隠すつもりもない。

この宮に来ると貴族の堅苦しさを忘れてしまう。

「玄武のお后様のご様子はどうですか？　寛《くつろ》いでおられますか？」

朱璃はようやく董胡から離れて、自分の御座所《おましどころ》におさまってから尋ねた。

「はい。お気遣い頂き、つつがなく過ごしておられます。ありがとうございます」

「それは良かった。それにしても、玄武のお后様はずいぶん恥ずかしがり屋のようですね。帝は大人しい女性が好みなのですね。意外でした」

「え？」

「いえ、私は妓楼《ぎろう》で育ったせいか、殿方の好みの女性を当てるのが得意でしてね。帝はどちらかというと利発で元気な女性を好まれるのかと思っていましたから。玄武のお后様もそのような方かと思っていたのです」

「さ、左様でございますか……」

朱璃の読みは、帝の好みかどうかはともかく当たっているかもしれない。

帝の知る鼓濤とは、恥ずかしがり屋で大人しい女性などでは決してないはずだ。

朱璃はやはり勘のいい人だと、董胡は思った。

「朱璃姫様。こちらは我が姫君より手土産でございます」

董胡は思い出したように絹布に包んだ漆塗りの重箱を差し出した。

「手土産？　なんでしょう？」

朱璃はさっそく絹布を開いて重箱の蓋《ふた》を開けた。

横にいた禰古も覗《のぞ》き込む。

「これは……？」

朱璃は見たことがないのか、首を傾げた。

「わらび餅《もち》でございます。我が宮の薬膳《やくぜん》師が作ったものでございます」

「わらび餅？」

「蕨《わらび》の根からとれたわらび粉を煮溶かして練ったものでございます。糖蜜《とうみつ》を入れて甘いお菓子として食べることもありますが、玄武の都では食感が良いので生薬を混ぜて薬膳として食べるのが最近流行《はや》っております」

「薬膳……。薬なのですか」

朱璃は珍しそうに一つつまみ上げようとした。

「朱璃様、お待ち下さい。食べ物は必ず毒見をしてからと申し上げているではありませんか」

禰古が慌てて止めて、毒見の侍女を呼んできた。

呼ばれた侍女は、不安そうにねっとりと形を変えるわらび餅を箸《はし》でつまんで口に入れた。

そしてもごもごと咀嚼《そしゃく》していたが、急に「うっ……」と手で口を押さえた。

「ど、どうしたの？　まさか毒が⁉」

禰古が慌てて侍女の背中をさする。そしてキッと菫胡を睨《にら》んだ。

「菫麗様！　これは一体どういうことですの？　まさか玄武のお后様は姫様を……」

しかし侍女は口を押さえながらも何とか飲み込んで禰古の袖《そで》を引いた。

「禰古様……、違います。毒ではありません。ただ苦くて……甘いのかと思ったので」

「苦い？」

禰古は怪しみながら、自分も一つつまみ取って口に入れた。そして……。

「に……にが……。なんなのこれは！　どういうつもりですの、菫麗様。お茶に招いた姫様への手土産がこの苦いお菓子なのですか⁉　なんて失礼な……」

すっかり禰古を怒らせてしまった。

このわらび餅にしたのは間違いだったかと焦る菫胡だったが……。

「どれ？　私も一つ頂いてみましょう」

朱璃が横からわらび餅をつまんで、ぱくりと口に入れた。

「姫様っ！　このようなまずい物を食べてはいけません！　吐き出して下さい！」

禰古が慌てて朱璃に吐き出すように重箱の蓋を差し向けた。

しかし、朱璃はもぐもぐと食べきると、首を傾げながらもう一つつまんで口に入れた。

それも飲み込むと、さらに確かめるようにもう一つ……。

「ひ、姫様？」

禰古と侍女は青ざめた顔で朱璃を見つめる。

「え？　まずい？　美味《おい》しいと思いますが。この苦味がくせになりますね」

朱璃はきょとんとして言い放った。

「そ、そんなはずは……」

禰古と侍女が、もう一つつまみ取って食べてみる。

そして二人同時に「うっ」と口を押さえた。

「やはりまずいではありませんか！　薬でもこんなに苦くありませんわ！」

「うん。私は苦い薬が大好きなのですよ。苦い薬で一杯呑《の》みたくなるぐらいです」

「ひ、姫様！　やんごとなき姫君が一杯呑むとか言わないでくださいませ！」

禰古は慌てて董胡の顔色を窺《うかが》った。

姫君が酒好きだということを知られたくなかったらしい。

伍尭國では高貴な姫君は酒を呑まない。祝い酒は出るが、形だけ舐《な》めるぐらいを上品としている。平民以下なら呑兵衛《のんべえ》の女性もいるのだが、貴族の姫君はとかく制約が多い。

だが、董胡は心の中でやっぱりな、と思っていた。

朱璃の周りに強く放たれている色は、赤い光だ。赤は苦味を表している。

朱雀の赤い柱の后宮に合わせたように、朱璃という名を示すように、赤を放っている。

そして同じような赤を強く放つ人を知っている。

育ての親とも言えるト殷先生だ。

酒好きの卜殷は苦い味を好んでいた。苦味は大人の味覚で、幼児は赤を放つことはほとんどない。

苦い生薬は利尿を促したり胃腑《いふ》を整えたりするものが多く、酒好きに処方する生薬はたいてい苦い。そして体が欲しているのか酒呑みは苦味を好みがちだった。

だから前回朱璃に会った時に、酒を嗜《たしな》む姫君ではないかと思っていた。

「畏《おそ》れながら、朱璃姫様は最近やけに疲れやすかったり眠気に襲われたりするようなことはありませんでしたか？」

董胡の言葉に敏感に反応したのは禰古だった。

「まあ！　どうしてそれを？　実は少し気になっていたのです」

「姫君方はお酒を嗜《たしな》まれる人と接する機会があまりなくご存じないかもしれませんが、慣れない者が急に呑むようになると肝の臓に負担をかけるのです。深酒の翌日は朝から気だるく、眠気がとれず頭痛や吐き気がすることもあります」

酒呑みの卜殷をいつもそばで見ていた董胡にとっては、当たり前過ぎる二日酔いの症状だが、高貴な姫君は酔っ払いなど見たこともないのだろう。

「でも母上はもっと呑んでも平気ですよ。父上はすぐに顔が赤くなって寝てしまいますが」

朱璃は妓楼育ちだけあって、酔うとどうなるのか見たことぐらいはあるようだ。

「そうですわよ。姫様はお酒を呑まれますけど、いつも涼やかに嗜まれ顔色も変わらず酔っている感じではございませんわ。下衆《げす》な酒呑みのように言わないで下さいませ」

禰古が憤慨したように言う。

「顔色に出ないと酒に強いと思われがちですが、それで肝の臓が弱っていないことにはなりません。涼やかに呑んでいても、翌日まで気だるさが残っているなら、肝の臓に負担がかかっている証拠です。このままでは中毒になってしまいますよ」

「中毒？　お酒で中毒を起こすのですか？」

「中毒といっても食中毒のように微量で急激に瀕死《ひんし》の状態になる毒ではありません。適量なら問題ないけれど、限度を越すと毒になってしまうものがあるのです」

「まあ！　大変ですわ！　姫様ったら王宮に来てから毎日のように召し上がっておられましたわ。なんてことでしょう」

朱璃もばつが悪そうに苦笑した。

「王宮には、朱雀公が住む紅玉《こうぎょく》の宮のようにうるさい古参侍女がいないし、珍しい酒もある上に暇を持て余していましたからね。つい呑み過ぎてしまいました」

それに禰古のように朱璃を愛しすぎる若い侍女達は、あまり強く言えなかったのだろう。

「姫様はすでにその中毒になってしまわれているのですか？　私がもっと調べて気を付けるべきことでしたわ。董麗様、毒を消すにはどうすればよいのですか？」

禰古は青ざめた顔で尋ねた。

「実はこのわらび餅には生薬の竜胆《りゅうたん》をほんの少しだけ混ぜています。竜胆は生薬の中でも飛びぬけて苦いのですが、酒による胃もたれに効果があるばかりでなく、肝の臓の消炎・解毒作用もあります。これを食べて、しばらくお酒をお控えになればすぐに元通りの体になるはずでございます。大丈夫ですよ」

先日の気だるい様子と朱璃の周りに見える色から、手遅れになる前に渡したいと思っていた。それもあって、朱璃の誘いに応じることにした。

今日一番の目的を果たせたと、はやる気持ちでつい医師のように言ってしまった董胡を、朱璃が不思議そうに見つめた。

「まるで最初から私が酒で体調を崩しているって分かっていたように聞こえますが……」

(しまった。またやってしまった)

薬膳の話になると、すぐに医官の董胡に戻ってしまう。

「あ、いえ。この竜胆は酒の毒消しにも効きますが、妓楼《ぎろう》などで流行《はや》りがちなご婦人特有の下《しも》の炎症やかゆみを抑える効能の方が有名でして。朱雀の流行り病の話を薬膳《やくぜん》師に話したところ、今ならこの竜胆で良ければたくさん作ることが出来ると渡されたのでございます。それがたまたま朱璃様のお体にも良いと気付いただけで……」

苦しい言い訳だ。朱璃は一層首を傾げて董胡を見つめた。

「玄武の姫君というのは、みんな董麗のように医術に詳しいのですか？　凄《すご》いですね」

「そ、そんなことはないのですが、私は座学が好きな変わり者でしたので……」

どんどん追い詰められている気がする。朱璃が口を挟まぬうちに更に続ける。

「朱璃様のように苦味が嫌でなければ、このように薬膳にすることもできますし、苦いのは無理だというなら丸薬にしても良いだろうと薬膳師が申しておりました」

麒麟寮にいた時、色街好きの偵徳先生がなじみの妓女によく処方していたのが、安価に手に入る竜胆《りんどう》から作った竜胆《りゅうたん》の丸薬だった。

「それでこれを？」

朱璃姫は感心したように、もう一口わらび餅《もち》を頬張った。

「さすが、玄武の医師は医術に長《た》けていますね。朱雀にいるやぶ医者とはまるで違う」

朱雀の医師は、たいてい玄武から派遣されて行くのだが、どちらかというと玄武で出世の見込みのない、やぶ医者が飛ばされる。

朱雀から玄武の医塾に学びにきて故郷で治療院を開く者もたまにいるのだが、わずかの期間で習得した医術は、玄武で日々研鑽《けんさん》を重ねる医術とは比べ物にならないほど拙《つたな》い。

ゆえに他領地の金持ち貴族などは病気になれば玄武に療養を兼ねて滞在するか、王宮の北に広がる麒麟の玄武街にいる医師の診察を受ける。

流行り病などが発生すれば、玄武の医師団を皇帝の詔《みことのり》で派遣するしかない。

だが皇帝が詔を出すほどの流行り病となれば、町を閉鎖して病の人々を隔離しなければならず、下手をすれば風評被害から死の町となってしまう。

帝《みかど》はそこまでの騒ぎになる前に、密《ひそ》かに調査して病を鎮めたいのだろう。

「確かに妓楼独特の流行り病があります。この薬が必要な者もいるでしょうけど、今回は少し違うのです、董麗」

「違う？」

董胡は朱璃に聞き返した。

「帝の先読みでは、今までの流行り病とは違うようなのです。でも私もここから動くわけにもいかず、実態は今のところ何も分からないのです」

妓楼なら下の病が流行る可能性が高いと思ったのだが、どうも違うらしい。

そうなると、実際に診てみないことには董胡にしても分からない。

「やはりそのお后様《きさき》の薬膳師を数日でいいので貸して頂けないでしょうか。帝も、まずは秘密裡《ひみつり》に動かせる者を派遣するとおっしゃって下さっています。ですが医師と呼べる者は一人しかいないそうです。一人でも優秀な医師が欲しいのです。帝の密偵と共に朱雀の都に行ってくれないでしょうか？」

「朱雀の都に？」

思いもかけない話だった。てっきり王宮の中で病状を聞いて協力するのだと思っていた。

だが直接朱雀の都に行くのなら朱璃姫に顔を見られることもない。

（可能だろうか……）

何よりその見たことのない流行り病というのが気になった。

こういう時は、どうしても医師としての血が騒ぐ。

「やはりお后様に私が直接会ってお願いするべきじゃないでしょうか？　実はお隣の座敷に帝もお招きしているのです」

「ええっ！　帝が⁉」

董胡は青ざめた。

まさかここに帝まで来ているとは思わなかった。

「実は帝を交え、三人でお話が出来ないものかとも思っていましてね」

朱璃姫は玄武の后付きの医官の派遣を諦《あきら》めてなどいなかった。最後の手段として直接帝から要請してもらうつもりでいたのだ。

「帝は構わないとおっしゃって下さっています。お后様をお呼びしてもいいかな、董麗」

「い、いいえ！　それは出来ません！　困ります！」

帝と会うとなれば、扇で隠しても茶民では声が違うのでばれてしまう。かといって董胡が出れば、董麗と同一人物だと朱璃姫にばれてしまう。しかも男性医官のはずの董胡であることまで、ついでに帝にばれてしまう。どっちも出来ない。

「ではせめて私とだけでも会っていただけないでしょうか？　今からお后様のところに出向いてもいいのですが……」

「そ、それもお待ちください！　我が姫様は人見知りでして、本日も誰にも会わなくて良いと聞いたからしぶしぶ宮を出て下さったので……却《かえ》って御気分を損ねられるかも……」

御簾《みす》の中にいるのは茶民と壇々だ。朱璃姫が行ったりしたら大変だ。

もはや退路がない。ここで断れば朱璃姫は帝を連れて鼓濤の御簾を訪ねかねない。

この場で受ける以外なかった。

「わ、私の方から姫君を説得致します。必ず承諾を頂くと約束致しますので、どうか今日のところはこのまま何もせず姫君を帰して下さいませ。お願い致します」

董胡が頭を下げて、朱璃はなんとか引き下がってくれた。

「そうですか。では董麗を信じましょう。お后様によくお願いして下さい。頼みますね」

にこやかに微笑む様子を見ると、どうやら朱璃姫の術中にはまったのだと気付いた。

極度の人見知りだという后の弱みを逆手にとって、最初から侍女頭の董麗に会うだけで約束を取り付けるつもりだったのだろう。

だが、もはや遅い。董胡が答えられる言葉は一つしかなかった。

「わ、分かりました。お任せ下さい」

◆

「そなた、思った以上に腹黒い姫であったな」

董麗が去った朱璃の部屋には、入れ替わるように黎司が繧繝縁《うんげんべり》の厚畳を設《しつら》えられて座っていた。二人の間にある御簾は巻き上げられたままお互い顔を晒《さら》している。

「慌てて立ち去る姫君の後ろ姿が見えたが、そのようなやり取りがあったとは」

朱璃の御座所《おましどころ》に案内されて来る途中、黎司は遠くに黒い表着の姫君を見た。

そして何を話していたのか、今聞かされたところだった。

「腹黒い姫で結構。私は朱雀の民のためなら鬼にもなります」

「玄武の侍女頭は、そなたと主人の板挟みになって困っていることだろう」

「侍女頭が玄武のお后様に宮を追い出されたら、私がもらい受けます」

朱璃としては、その方が嬉《うれ》しい。

「玄武の后は……そのようなことはするまい」

「…………」

朱璃は黎司の顔を窺《うかが》い、やはり自分の勘は間違っていないと思った。

「ずいぶん信頼されているご様子ですね。侍女頭の話では内気で人見知りな姫君のようですが」

「内気？」

黎司は首を傾げた。

「違うのですか？」

内気というのは違うような気がするが、人見知りは身に覚えがある。御簾に入ろうとしただけで逃げられた。自分から御簾を巻き上げて待つ朱璃とは大違いだ。

「うむ。いや、人見知りと言えばそうかもしれぬな」

朱璃は、黎司が気に入っている玄武の后に興味があった。

「本音を言うなら、ここで陛下と玄武のお后様と三人で語り合ってみたいとも思っていたのです。どちらに転んでも医官は派遣してもらうつもりでしたが……」

「そなたに目をつけられたら、もう逃げられぬな」

黎司は苦笑した。出来れば董胡を巻き込みたくないと思っていたが、言い出したのは自分だ。なぜ朱璃に董胡のことを言ってしまったのかと思うのだが、天術が示したのが本当に董胡であったなら、変えられない運命なのかもしれない。ならば自分の祈りで、董胡が危険な目に遭わないようにするしかない。黎司は覚悟を決めて受け止めるしかなかった。

「そうだ。今日は珍しい酒を持ってきたぞ。またいつものように一杯やろうではないか」

黎司は侍女を呼んで杯の準備をさせようとしたが、朱璃が慌てて制止した。

「それが陛下。残念ながらしばらくお酒は禁止となりました」

「？　なぜだ？　いつも自分から勧めてくるくせに」

神嘗祭の饗宴《きょうえん》からすでに酒を酌み交わす仲になっていた。

「玄武の侍女頭に、このままだと中毒になると言われました」

「中毒に？　悪酔いする質《たち》には見えなかったが」

「顔に出ずとも肝の臓が弱っているそうでございます。連日お酒を持って渡っていらっしゃる陛下のせいでございます」

最近酒の量が増えたのは、黎司が大きな一因でもあった。

「まさかそんなことになっていたとは。済まぬことをした」

黎司はその生い立ちゆえに、対等に酒を酌み交わす相手など今までいなかった。

后とはいえ、友人のような気持ちよさを感じる朱璃と呑《の》む酒は美味《おい》しかったのだ。

詔のこともあるが、黎司にとって朱璃は、ある意味かけがえのない存在になっていた。

「ふふ。嘘でございます。本当は惰性で呑み続けてしまっていました」

朱璃もまた、この生真面目過ぎる帝《みかど》と呑む酒が楽しかったのだ。

「今日は素面《しらふ》で我が朱雀が誇る舞を楽しんでいって下さいませ。ほら、紅薔薇貴人の舞が始まりました」

「うむ。そうだな。しばらく私も禁酒するとしよう」

二人は中庭に体を向け、紅拍子の優雅な舞を眺めた。

◆

董胡は頭を抱えながら朱璃姫の部屋を辞して、鼓濤がいるはずの御簾の中に戻った。

さぞかし二人の侍女は不安に過ごしているだろうと急いだのだが、茶民も壇々もご機嫌で紅拍子の舞を楽しんでいた。いや、壇々は舞よりも朱雀のお茶菓子を堪能《たんのう》している。

これから巻き起こる波瀾《はらん》も知らず、のん気な二人だ。

「鼓濤様、見てください。朱雀の侍女の方がお菓子を持ってきて下さり、これが見た目も可愛くて、全部美味しいんですの」

丸い膳《ぜん》の上に色とりどりの落雁《らくがん》が芸術的な美しさでのっている。

落雁とは干飯を粉にして水飴《みずあめ》を加えて練り、木型に押し固めて乾燥させた打ちもの菓子のことだ。花や鳥の木型を用いたり、色をつけたりすることで美々しい茶菓子になる。

甘い物好きの壇々には味も満足の一品なのだろう。

「それよりもあの紅拍子の舞の美しいこと。見て下さいませ、鼓濤様」

茶民は中庭の舞台で始まった紅拍子に夢中のようだ。

「世の中にはあんなに美しい殿方がいるのでございますね。ああ、素敵……」

「がっかりさせて悪いけど、あの紅拍子は女性だよ」

「えええっ！　そうなのですか⁉」

玄武の地には、まだ紅拍子の流行は来ていない。

若い茶民は男装の舞妓《まいこ》がいることを知らなかったようだ。

「なんということでしょう。不躾《ぶしつけ》ながら、あの方となら身分違いの恋に堕《お》ちてもいいと、すっかり心奪われておりましたのに……」

茶民は心底がっかりしたように脱力した。

女性が舞う男装の紅拍子には、男性には出せない清らかな美しさがある。

おそらく今一番人気の『紅薔薇貴人』の舞だろうが、董胡には先日見た朱璃姫の紅拍子の方が心に残っている。朱雀の后宮《きさきぐう》に眠らせておくには惜しい麗しさだった。

「ところで二人に話しておくことがあるのだけど……」

楽しそうな二人には悪いが、今しがた決めてきたことを伝えておかねばならない。

「無粋ですわね、鼓濤様。後にして下さいませ。まだ紅拍子の舞が終わっていませんわ。せめて目に焼き付けておきたいのでございます」

「このお菓子を食べてからでもよいでしょう？　鼓濤様」

董胡はやれやれと脱力した。

まあ、今言っても後で言っても同じ結果しかないのだから、せっかくのお茶会を存分に楽しんで后宮に帰ってからでいいかと諦《あきら》めた。

紅拍子の美しい舞が終わると、ずっと鳴っていた鉦《かね》の音が止み、しんとした。

「あら？　あの殿方はどなたでしょう？　なんと気高い立ち姿かしら。次も男装の舞ですの？　不躾ながら私はこちらの方が好みかも……」

茶民が鼓濤に成り代わっていることも忘れて、御簾《みす》に張り付きながら言う。

「また男装の舞？　紅拍子ではなくて？」

他にも男装の舞があるのかと、董胡も御簾から中庭の舞台を見た。

そして「あっ！」と叫んだ。

「あら、舞ではございませんわ。後ろの侍女のような方が何か紅拍子に渡しておりますわね。紅拍子たちはみな平伏しておりますわ。何かの儀式かしら」

茶民は首を傾げながら見えるものを説明する。

そうだった。茶民も壇々もここに帝がいることを知らない。

大輪の菊を刺繡《ししゅう》した袍服《ほうふく》の男性も、人気舞団の男装の舞妓だと思っている。

「たぶん見事な舞に感心されて、褒美を渡しているんだよ」

董胡が言うと、茶民は一層首を傾げた。

「褒美？　舞妓が舞妓に？」

「いや、違うでしょ。あの方の後ろにお付きの侍女が大勢いるでしょ？」

「まあ、本当ですわ。人気の舞妓になれば侍女まであんなに付くのですね」

舞妓だと思い込んでいて、話が通じない。

「違うったら。あの方は帝だよ。帝もこのお茶会に招かれていたらしい」

「まあ、帝ですか。なんだ……」

茶民は答えてから、はたと目を丸くした。

「ええぇっ⁉　み、み、帝っ⁉」

「帝がいらっしゃるのですかっ⁉」

落雁に夢中になっていた壇々も御簾に張り付いた。

中庭の舞台に通じる渡殿《わたどの》に、帝と侍女や従者の集団が立っているのが見える。

そして侍女の一人が舞台の上で平伏する紅拍子に、何か褒美の品を渡して渡殿に戻るところだった。

帝はこちらに背を向けていて、玉の垂れた冕冠《べんかん》を被《かぶ》っている。

「あの方が帝……」

夜の御簾と違って昼の御簾ごしだと、日差しの下でその姿がはっきりと見えた。

「な、なんと麗しい……」

「あのようにお美しい方とは知りませんでしたわ……」

顔まではよく見えないが、均整のとれた後ろ姿だけでも美しいのが分かる。

(やはり……あれはレイシ様……)

顔を見なくても分かる。天人を思わせる神々しさはレイシと同じものだ。

「きゃっ! どうしましょう、こちらに来られますわ」

「た、大変ですわ。扇を……。話しかけられたらどうしたらいいの?」

帝が渡殿から踵《きびす》を返して、侍女たちを引き連れこちらに来るのが見えた。

壇々と茶民はすっかり動転して、狭い御簾の中でわちゃわちゃと慌てている。

「や、やっぱり私には無理です。鼓濤様お願いします!」

茶民は豪華な表着を脱ぎ捨て、董胡の肩に掛けると御簾の前に押し出した。

「鼓濤様、扇です。これを持って下さい!」

壇々も扇を渡して董胡の後ろに控えた。

こうなったら、やはり董胡が鼓濤に戻るしかなかった。
するすると衣擦《きぬず》れの音が近付いてきて、目の前を先導する侍従たちが通り過ぎていく。
董胡は御簾の中で扇を持ったまま頭を下げた。
帝一行は目玉の紅拍子の舞を見終えて褒美を渡し、皇宮に帰っていくらしい。
ちょうど董胡たちの御簾の前の廊下が通り道になってしまったようだ。
通り過ぎるのを后宮の全員が平伏して見送っている。
だがふと帝は、董胡の御簾の前で足を止めた。
その気配を感じ、董胡の胸がどきんと鼓動を刻んだ。
（ま、まさか御簾の中に入ってきたりしないよね）
後ろの茶民と壇々の緊張も伝わってくる。
そして御簾の外から「鼓濤」と呼びかけられた。
董胡は跳ねるように「はい！」と答えて顔を上げた。
御簾のすぐそばでこちらを見下ろす帝の顔が見えた。
（あ……）
それは紛れもなくレイシだった。
冕冠を被り、皇帝の仰々しい衣装を着ているが、間違いなくレイシだ。
（レイシ様……）
董胡は訳の分からぬ感情で胸が一杯になった。

（やはりレイシ様だった！　レイシ様が帝《みかど》だった……）

レイシはいつも菫胡に見せる姿と違い、重責を担う大人の男性の重みを醸している。

やがて涼やかで流麗な、いつもの帝の声が響いた。

「朱璃から聞いた。そなたの薬膳《やくぜん》師を貸してくれるそうだな」

すでに承諾を得たものとして帝に伝わっているらしい。朱璃に完全にしてやられた。

だが、もはや菫胡にも迷いはなかった。

「は、はい。お役に立てるか分かりませんが、お使い下さい」

レイシはその薬膳師が菫胡と分かっていて協力して欲しいと言っている。

それならば、全力で応《こた》えるしかない。

「すまぬな。感謝する」

帝はほんの少し微笑んで、再び歩き出し行ってしまった。

菫胡は御簾の中で頭を下げながら、本当に帝がレイシであったのだという現実を、まだ半分夢の中の出来事のように感じていた。

◆

朱雀のお茶会の翌日、しばらく来ないと言っていた帝が鼓濤の后宮にやってきた。

「またしても急で済まぬな」

先触れが来たのは今朝だった。本来の后であれば、先触れの知らせが来てから体を清め、衣装を選び、髪飾りを準備し、念入りな化粧などをして大変のようだ。だが菫胡は違う。

「いいえ。本日は旬の食材がたくさん手に入りましたので、お越し頂けたことを嬉《うれ》しく思っております」

身を清める代わりに、朝から御膳所《ごぜんしょ》で大忙しの一日だった。

一夜明けても、まだレイシの后という立場である自分に戸惑いはあるものの、帝がレイシであればこそ出来ることの喜びの方が大きいかもしれない。

すでに毒見を済ませた膳が帝の前に置かれている。

「これはまた……珍しい膳だな」

「はい。本日は『白もの御膳』でございます」

目の前の膳には、色鮮やかな器の上にそれぞれ白い食材ばかりがずらりと並んでいる。

「薬膳では秋は白ものを食べるのが良いとされているそうです。秋から冬にかけて旬を迎える食材に白いものが多いからでしょう。大根、長芋、里芋、白菜、蓮根《れんこん》、梨など。白ものが美味《おい》しい季節なのです」

「なるほど。言われてみれば確かにそうだな」

これまでも帝のために心を込めて薬膳料理を作ってきた菫胡だったが、帝がレイシだと確信した今では、食べさせたいものがたくさんある。どんな形であっても、レイシに食事を出せる喜びで朝から夢を膨らませていた。

レイシはさっそく箸《はし》を持ち、一口頬張った。

「この飯椀《わん》は？　白米と百合根《ゆりね》か。それから……なんだろう」

「はと麦と細切りにした乾姜《かんきょう》、それに塩漬けにした大根を千切りにしてごま油で炒《いた》め混ぜています。百合根もはと麦も、生薬としても使われるそうでございます」

百合根とはいわゆる百合の鱗茎《りんけい》のことだが、観賞用として知られる百合のものは苦くて食べられない。食用に適した品種があり、咳止《せきど》めや滋養強壮に優れている。

はと麦は生薬では薏苡仁《よくいにん》と呼ばれ穀物の中でも栄養価が高く美容にいい。

「ふむ。百合根は歯ざわりが苦手だったのだが、しゃっきりとした大根ともちもちしたはと麦のおかげで気にならないな。むしろ百合根のほくほく感が際立つようだ。美味《うま》いな」

レイシに美味いと言われ、董胡は嬉しくなった。

「こちらの白い汁はなんだろう」

「それは白木耳《しろきくらげ》と貝柱の入った白湯汁《ぱいたんじる》です」

レイシは透き通った花びらのような白木耳を不思議そうに箸ですくい上げた。

「白木耳は潤いを補う薬膳食材ですが、骨や歯を強くし風邪《ふうじゃ》の予防にもいいそうです。滅多に手に入らぬものらしく、大膳寮でも扱いに困っていたようです」

調理できる者がおらず余っていると御用聞きから聞いて、もらい受けた。

「うむ。面白い食感だ。貝柱の旨味《うまみ》がしみ込んでいて、白濁した汁がまろやかで口当たりが良いな」

食に興味のない拒食《きょじき》のレイシには、とにかく食感で飽きさせないよう工夫した。大根の白和《しらあ》えに、蓮根とそぼろのはさみ焼き、白菜と烏賊《いか》の甘酢漬け。

同じ白ものでも食材によってまったく違う歯ざわりを知る楽しさ。

「これは……豆腐か……。何かからめてある」

「それは白菜のとろみ豆腐です。ゆでた白菜をみじん切りにして炒め、干し海老《えび》を入れてカタクリの粉でとろみをつけたものをからめてあります。好みで豆板辣油の辛味をつけても美味しいです」

小皿に豆板辣油をのせて添えてある。味に飽きたら自分で味を変える楽しさもある。食べることを楽しいと思ってもらうことが大事だった。

甘味には杏仁羹《あんにんかん》を出した。

杏仁とは杏《あんず》の種の白い核のことで、生薬としても使われる。だがこの杏にも種類があり伍尭國の北にある玄武の地で採れるものは苦味が強く薬効が高いので生薬に向いている。そして南の朱雀で採れるものは甘くて薬効はそれほど高くない。董胡は玄武で採れる生薬の方になじみがあるが、甘味に使われるのは朱雀で採れるものがほとんどだ。一度玄武の杏仁で作ってみたことがあるが、苦くて食べられたものではなかった。

「杏仁羹は王宮の膳でもよく出てくるが……これは……美味いな。口の中でとろける」

「大膳寮で作られる物は各宮に運ぶため、形が崩れないように固めに作るそうです。ですがここでは運ぶ距離も短いため、ぎりぎりまで緩く固めることが出来るのです」

「なるほど。そういう理由があるのだな」

帝の箸が進んでいる様子を感じると、董胡は長年の夢が叶《かな》ったような気持ちになった。

(良かった。これだけ効能の高い食材を召し上がれば体調も整うはずだ)

夜の御簾《みす》ごしのせいだけでなく、やはりレイシの色はほとんど見えない。

甘辛いものに僅《わず》かに興味を示していた五年前の色も、再び消え失《う》せている。

でも、それは赤子のようにまっさらな状態とも言える。董胡の料理で少しずつレイシの味覚を育てていけるのなら、薬膳師としてこれほどやりがいのある仕事はない。

「そうであった。私はまた料理に夢中になって肝心の用を忘れるところであった」

レイシは膳をすっかり堪能《たんのう》してから、思い出したように告げた。

「肝心の用?」

「うむ」

レイシは急に立ち上がると、ゆっくりと董胡の御簾へ歩み寄った。

「陛下!?」

御簾のすぐ手前にレイシの影が見えている。

(まさかまた……)

このまま御簾を上げられたら今度こそ逃げられない。

慌てて下げていた扇を持ち直し顔を隠した。

（ど、どうしよう。菫胡だとばれたら……。どう弁解すればいい？）

ばくばくと胸が唸《うな》り声を上げ、頭の中は答えを探して右往左往している。

だが、菫胡の心配をよそに御簾が上げられることはなかった。

その代わりに、御簾の下から手に持った何かを差し出してきた。

「？」

菫胡はそっと扇の下から覗《のぞ》き見た。

「これを……朱雀の后《きさき》より、大事な物ゆえ必ずそなたに手渡すようにと頼まれてきた」

「朱雀のお后様から？」

菫胡は身を乗り出し、レイシの手にのせられたものを見つめた。

「木札だ。そなたの薬膳《やくぜん》師が朱雀の門をどこでも通り抜けられるように、朱雀の后が直々に記してくれた。この札を見せれば朱雀の者は誰でも助けてくれるはずだと。取るがいい」

菫胡は手を伸ばし、そっとレイシの持つ木札を受け取ろうとした。その瞬間。

「!!」

レイシの一回り大きな手がぎゅっと菫胡の手を包み込んだ。鼓動が跳ねる。

レイシの手の温《ぬく》もりが、菫胡の手に伝わり全身を駆け巡ったような気がした。

だが気付けばレイシの手はするりと戻され、菫胡の手に木札だけが残っていた。

「朱雀の后が絶対に手渡すようにとうるさく言うのでな……驚かせたなら許せ」

レイシは言い訳するように言うと、董胡を安心させるように一歩離れた。

「そなたの薬膳師に危険が及ばぬよう、万全の警護を頼んでいるので安心するがいい。私も薬膳師が戻るまで祈禱殿に籠《こも》り、無事を祈り続けることにしよう。病の原因を探るだけでいい。原因さえ判れば、後はこちらに任せよ。くれぐれも無茶をせぬように。危険だと思えばいつでも逃げ戻ってくるように薬膳師に伝えて欲しい」

それはレイシから薬膳師・董胡に向けた言葉だった。

董胡を心配してくれているレイシの気持ちが伝わってくる。

そして、無茶をするなというレイシの言葉と裏腹に、董胡は手ずから受け取った木札を握りしめ、何が何でも原因を突き止めレイシの役に立つのだと、心の中で強く強く誓っていた。

六、帝の密偵

帝《みかど》から木札を受け取った翌日は大朝会の日だった。

つつがなく会を終えた夜更けに、『玄武の后付き医官・董胡』は朱雀の都に向かうことになった。流行《はや》り病ということで、一刻の猶予もない。

そして茶民と壇々には、次の大朝会までには戻ってくると言い置いた。

それまでは月のものが重いということで、鼓濤のすべての来客を断ることにした。

元々来客などほとんどないが、王宮では血の穢《けが》れを嫌うため、月のものを理由にすれば誰も訪ねてこず、たいていの人の訪問も断ることができた。唯一、帝のお渡りだけは断れないのだが、祈禱殿に籠ると言っていたので来ることはないだろう。

そうまで準備をしても茶民と壇々は不安のあまり憔悴《しょうすい》しきっていた。

「不安でございます。鼓濤様のいない宮で予想外のことが起こったら……。不躾《ぶしつけ》ながら言わせてもらうと、壇々は食べること以外まったく役に立たないし……」

「私だって不安です。鼓濤様がいない間、王宮の味気ない料理しか食べられないなんて。食欲がなくなって拒食《きょじき》になってしまいますわ。ああ、食べられない病気なんて、考えた

「そんなことを心配しているんじゃないわ。まったく壇々ったら」

相変わらずの二人をなだめて、董胡はあらゆる薬を詰めた薬籠を背負って、待ち合わせ場所に急いだ。

帝の密偵と待ち合わせすることになったのは、王宮の南にある朱雀門を出て、大河のような外濠に架けられた橋を渡ったところだ。

さすがに警備は厳しく、多くの兵が立っていて、木札を三度確認された。

宮内局の紫の袍を着ているが、王宮の外に住む通いの役人も多く、特に怪しまれることもなかった。ただし、この後、帝の密偵が用意してくれる衣装に着替えることにはなっている。

外濠の周りに植えられたイチョウの木の下で密偵が現れるのを待った。

(帝の密偵ってどんな人だろう？　隠密のようなものだろうから黄軍の武官みたいな人かな。

青龍人だろうか)

強面の屈強な軍人を想像していた董胡は、背後に人の気配を感じてはっとした。

「玄武の医官様でございますね」

密やかな声のする木陰を、董胡はそっと振り向いた。

黒い動きやすそうな衣装の男性が拝座のような姿勢で頭を下げている。

「だけでも恐ろしい……」

武官の服装というよりは、麒麟寮の医生のような短い袖《そで》と下袴姿《したばかますがた》だった。角髪《みずら》に結った髪を見れば、まだ若い青年だと分かる。だが俯《うつむ》いた顔はまったく見えなかった。

(医師？　ではこの人が密偵の中に一人だけいると言っていた医師？)

思ったよりも若い医師なのだと驚いた。もっと経験豊富な医師だと思い込んでいた。

(年も変わらぬような私とこの人、二人しか医師はいないのか……)

急に不安になった。

「玄武の后付き医官、董胡様とお聞きしましたが、間違いございませんね？」

何も答えない董胡に、再び青年は尋ねた。

「え、ええ。そうです。あなたが帝の遣わされた医師でいらっしゃいますか？」

「いいえ。私は医師見習いでございます。医官様が別にいらっしゃいます」

その言葉を聞いて、董胡はほっとした。

「そうですか。それは良かった」

「何が良かったのですか？」

「え？」

急に青年の声音が変わった。少し険を含んでいる。

「あ、いえ。深い意味では……。あの、気を悪くしたならごめんなさい」

若い青年を頼りなく思ったのが伝わってしまったのかと、董胡は慌てて謝った。

「謝って許せることではありません。私は非常に怒っております」

「え？　す、すみません。何か気に障りましたか？」

これは、ずいぶん気の短い人のようだと、董胡はどうしたものかと困り果てた。

「気に障ることばかりでございます。私は今、猛烈に怒っております」

「あの、本当にごめんなさい。悪気はなかったのです。許して下さい」

とにかく謝り続ける以外ない。先が思いやられるが、帝の遣わした人なのだから我慢するしかない。

「あなたは自分が何をしたのか分かっているのですか？」

「何をって……。あの……何をしたのでしょう？」

今会ったばかりの人に、それほど失礼なことをする暇もなかったはずだ。

「突然麒麟寮から消えて、家族同然に育った兄弟子にも便りを寄越すでもなく、もはや神隠しにあったか、暗殺されたかとみんなが噂をしていたというのに……」

「え……」

思いもかけないことを言われて、董胡は言葉を失った。

「もはや生きてはいないだろうと……どれほど兄弟子が悲しんだか……」

帝の密偵と聞いていたせいで、今の今まで気付かなかったが……。

「それなのに人の気も知らず、しれっと后様付きの医官になっていたなんて……」

この声はよく知っている声だった。幼い頃から慣れ親しんできたこの声は……。

「楊……庵……？」

信じられない気持ちで尋ねた董胡に、青年はそっと顔を上げた。

「董胡……」

楊庵の顔はすでに涙でぐしゃぐしゃになっていた。

「楊庵！　本当に楊庵なの？」

楊庵は答えるよりも早く、すっくと立ち上がると董胡を力一杯に抱き締めた。

「ぐっ……。く、苦しい……。楊庵、い、息ができないったら……」

窒息しそうになって必死に背中を叩《たた》いても、楊庵はさらに力を込めてくる。

以前より馬鹿力の威力が増している。しかも背もまた伸びた。

「人に死ぬほど心配させた罰だ。もう少し我慢してろ！」

気を失うほどに苦しいのだが、故郷に帰ったような温かさが込み上げてくる。

鼓濤だと言われてから、ずっと気を張ってきたのがほぐれていくようだった。

「生きてるなら……連絡ぐらいしろよ……この馬鹿……うう……」

「ごめん……楊庵……」

安心すると同時に董胡の目にも涙がじわりと滲《にじ》んでくる。

ずっと考えないようにしていたが、こんなに会いたいと思っていたのだと今更気付いた。

「楊庵……。無事だったんだね。良かった。うう……うっく……」

込み上げる嗚咽《おえつ》と楊庵が締め付ける腕の力で、うまく息ができない。

「楊庵、いいかげんに放してやれ。本当に董胡が窒息するぞ」

安堵《あんど》に包まれる董胡に、もう一つ懐かしい声が降ってきた。

「偵徳先生……」

呆《あき》れたように微笑む偵徳が立っていた。

「身長の差があるせいか、友情の抱擁というよりは男女の抱擁に見えるんだよ。見てるこっちが、こっ恥ずかしいから、そのへんで終わりにしてくれ」

偵徳に言われて、ようやく楊庵の腕から解放された。

幸いなことに麒麟寮の人々には、董胡が女であることはまだ知られていなかったようだ。

その夜の宿は麒麟領の朱雀街にあるお社《やしろ》だった。

伍尭國には八百万《やおよろず》の麒麟のお社があるが、特に麒麟領内のお社は皇帝が直《じか》に治める強固な信頼関係のある場所だった。皇帝の隠密となる者の多くはお社を拠点にしていることも多いらしい。

偵徳の案内でお社に着くと、すでに出迎えの神官が待っていた。

部屋には、三人の着替えが用意されていて、朱雀の都でどのように動くのかはすべて偵徳が皇宮の神官から聞いていた。

「それにしても、まさか帝の密偵が偵徳先生と楊庵だったなんて……」

部屋に落ち着き、これからどのように朱雀の流行《はや》り病を探るのか話し合いながら、偵徳と楊庵からこれまでの話を聞いた。

元々、偵徳は麒麟寮の変わり者ということで、皇宮から視察に来た神官の一人に気に入られたらしい。密かに繋《つな》がりを持つようになり、医師の免状を取った後も麒麟寮に残り、神官に情報を流す密偵だった。その案件の一つに董胡の情報もあったようだ。

だが董胡が消え、お役御免になるのかと思ったら、王宮の内医官を命じられた。

所属は董胡と同じ宮内局になるが、独立した組織で紫の袍ではなく白い袍が官服となる。

任じられた者は全員王宮に住み、他の者との接触を極度に禁じられる。

帝次第という命の危うさは帝《みかど》の一の后《きさき》となった董胡と同じかもしれない。

こうして内医官と、その使部《つかいべ》として王宮に入った偵徳と楊庵は、今回の朱雀の流行り病を調べるため、特別な任務を要請された。

二人は帝の内医司所属でありながら、密偵でもある存在らしい。

ほんの数日前に神官から麒麟寮で消えた董胡のその後を初めて聞くことが出来たそうだ。

そして今回の任務に董胡も加わるのだと昨日聞かされたのだと言う。

「それにしても陛下の寝所からつまみ出された時は、もう終わりだと思ったぜ」

すべては密偵として働くための仕組まれた言いがかりで、つまみ出された偵徳は、寝所にて無礼を働いた疑いで監禁室にて反省させられているということになっているそうだ。

ついでに一緒に連れてきた楊庵も同罪の疑いありと捕らえられたことになっている。

「内医司の部屋を掃除してたら、突然縄をかけて連れて行かれたんだ。肝が冷えたよ」

二人とも密命を終えたら、疑いが晴れたということで内医司に戻される予定らしい。

「その偵徳先生と繋がっている神官様って、お名前はなんというのですか？」

もしかして翠明ではないかと思った。董胡の情報を探っていたのなら他に考えられない。

「九紫《きゅうし》と名乗られたが、たぶん本名ではないな。それにもっと高い身分の神官様の命令で動いておられるのだろうと思う」

言われてみれば、レイシが帝であれば、その一番の側近である翠明も相当高い地位の神官だ。その翠明が直接密偵に接触することはないのかもしれない。間に数人の神官が入り伝達している方が自然だった。

「帝も俺みたいな訳の分からない男を内医官にしたり密偵にしたりするなんざ、よほど人材が足りてないようだな。ずいぶん若いようだし前から悪い噂もよく聞いていた。先読みが当たったらしいが、玄武の貴族は大半が冷ややかに見ている。成果を出して認められたいのかもしれないが、人望のないお坊ちゃんの自己顕示欲に振り回されるこっちは迷惑なもんさ」

「…………」

董胡は偵徳の辛辣《しんらつ》な言葉に驚いた。帝に対してずいぶん反感を持っているようだ。

前からはっきりものを言う男だったが、これほど悪意を持った言い方は珍しい。

「み、帝は……民を思う聡明《そうめい》で慈悲深い方という話も聞きますが……」

本当はもっと反論したいが、あまりむきになって言うのも怪しまれる。

「お后様付きの董胡には良い噂だけが耳に入るようにしているんだろう。玄武の貴族は誰一人、帝を良く言う者はいないぞ」

「そ、そうなのですね……」

前回の先読みで信頼を取り戻したと思っていたが、実際はほんの一部の人々の間だけのことらしい。特に玄武公が牛耳る都では、相変わらずの悪評なのだと落胆した。

「まあ、おかげで董胡にもこうして会えて、王宮の外に出ることも出来たわけだからいいけどな。なんだったらこのまま三人で逃げてもいいぞ。どうだ、董胡？」

「い、いえ！　それは出来ません。私が逃げたら多くの人に迷惑がかかります！」

董胡は考えもしなかったが、この二人にとっては王宮などという堅苦しい場所にいるよりも、このまま逃げて自由に生きる方が幸せなのかもしれない。董胡だって、王宮にレイシがいなければ迷わず逃げていただろう。

「ま、そうだな。俺ももう少し王宮に残って調べたいことがある」

「調べたいこと？」

しかし偵徳はそれ以上話すつもりはないようだった。

「偵徳先生と楊庵は帝にお会いしたの？」

楊庵は帝が五年前に助けたレイシだと気付いているのだろうか？　と思った。

「俺は医師免状もない使部だからな。診察にも付き添えない雑用係だよ」

楊庵は帝の姿を見ていないらしい。ならばレイシだと気付いていないだろう。

「俺も直接見たことはない。主に主治医の貴族医官が診ている」

どうやら医官の偵徳も帝の姿は見ていないようだ。

「董胡は帝を見たことはあるのか？」

逆に尋ねられて、董胡は答えに窮した。

実際には御簾《みす》ごしに何度も見ている。そしてついに先日は昼の日差しの中ではっきりと顔も見てしまった。五年前に会ったレイシだった。

だがそれをこの場で楊庵に言っていいはずがない。

「いや……ないよ……」

本当は楊庵にすべて打ち明けてしまいたいが、それは出来ない。

「じゃあさ、玄武のお后様は見たことあるんだろ？　お姫様ってどんな人なんだ？　やっぱりすっげえ綺麗《きれい》な人なのか？」

楊庵は好奇心旺盛《おうせい》に聞いてくる。

「そ、それは……」

「お前、そりゃあお后様ってのはみんな天女のようなお方らしいぞ。目が潰《つぶ》れるぐらいお美しいって話だ。そうだろ董胡？　俺も死ぬまでに一度でいいから拝見してみたいもんだ」

女好きの偵徳は夢見るように想像を膨らませている。内輪の会話とはいえ、帝には敬語を使わないのに、お后様の話には敬語なのが偵徳らしい。

そのお后様に扮《ふん》しているのが自分だとは到底言えない。

この二人は、人柄はすこぶるいいが、それと口が堅いかどうかは別の話だ。

知らぬ間にレイシに鼓濤と董胡が同一人物だと伝わってしまったら……。

董胡が実は女性で、図々《ずうずう》しくも帝の后に扮しているとばれたら……。

董胡は世にも恐ろしいことのように首を振った。

(だめだ、だめだ。絶対言えない)

「どうしたんだ、董胡？　頭が痛いのか？」

挙動不審な董胡に、楊庵が心配そうに尋ねた。

「いや、何でもない。大丈夫。そ、その……玄武のお后様は思ったより普通の人だよ。うん。高そうな衣装は着ているけど、案外私たちと変わらないよ」

董胡は誤魔化すように答えた。しかし。

「お前、失礼なやつだな。普通の人のはずないだろ」

「そうだぞ。帝のお后様を自分と変わらないなんて厚かましいぞ、董胡」

実際、自分と変わらないというか同じなのだが、それは貴族のお姫様を夢見る男二人には聞き捨てならない発言だったらしい。

「そ、そんなことより、二人は朱雀の流行り病が何か見当はついているの？」

もうこれ以上玄武の后の話は勘弁と、董胡は慌てて話を変えた。

「それなんだがな……この時季に流行るということは、疱瘡《ほうそう》か虫ではないかと思っているのだが、疱瘡だと厄介かもしれないな」

「やはりそうですか……」

風邪《ふうじゃ》が流行るにはまだ早く、夏の熱病である瘧《おこり》には遅い。

季節にあまり関係なく流行る病と聞いて一番恐ろしいのは疱瘡だ。

感染力が強く、死者の多く出る病だ。辛《かろ》うじて治っても顔を中心に瘢痕《はんこん》を残すことが多く、時には失明してしまうこともある。

そして残念ながら罹《かか》った者を治す手立てはない。熱感を和らげる生薬を飲ませたり、膿《う》んだ皮膚に塗り薬を塗ったりするぐらいで、後は本人の体力で回復するのを願うだけだ。

もう一つの虫とは飛蝗《ばった》や蜻蛉《とんぼ》といった昆虫のことではなく、人の体に寄生する病原虫のことで、回虫、鞭虫《べんちゅう》、鉤虫《こうちゅう》などがある。

こちらは寄生初期であれば、虫下しの生薬を飲むことで完治も可能だ。

まずは流行の中心となるであろうと帝が先読みで示した妓楼《ぎろう》に潜入して病の正体を見

極める。そして出来れば治療薬の処方を示すまでが董胡たちの任務だ。

その後の実際の治療は朱雀の医師に任せることになっている。

期限付きの密偵である董胡は、次の大朝会までの六日の間に病の原因を見つけなければならない。六日以内に見つからなければ、他の密偵に後を任せて董胡だけ先に戻ることになっていた。


翌日、董胡たちは問題の妓楼がある朱雀の中心街を練り歩いていた。

三人とも社《やしろ》に用意されていた変装用の衣装に着替えている。

変装といってもさほど普段と違う姿ではない。

偵徳は玄武で治療院を開く金持ち平民医師。楊庵と董胡はその弟子医生という服装だ。

玄武から朱雀の花街に遊びにきた偵徳一行は、気に入った妓楼にしばらく滞在するという手はずで、豪遊できるだけの金子を渡されていた。

「いやあ、しかしいい仕事だな。花街で豪遊なんて、生まれ変わっても二度とできないぞ」

偵徳は帝《みかど》にぶつぶつ言っていたくせに、すっかり任務を楽しんでいる。

「偵徳先生、遊びに来たんじゃないですからね。ちゃんと仕事して下さいよ」

「お前は相変わらずお堅いなあ、董胡。そんなに目をギラギラさせていたら、却《かえ》って怪しまれるぞ。まずは客に成り切って楽しまないと。なあ、楊庵」

　偵徳は上機嫌に歩きながら楊庵に同意を求める。

「え……お、俺はその……」

「お前も初めてなのか。じゃあ女を知るいい機会だ。しかも初めてが朱雀の高級妓楼なんて、お前はついてるぞ。良かったな、楊庵」

　とんでもない話を振られて、楊庵は真っ赤になって董胡をちらりと見た。

「お、お、俺は別にそんなこと考えてないぞ！　勘違いするなよ、董胡」

「私は何も言ってないよ」

　董胡に首を傾げられ、楊庵はますます真っ赤になった。

「なんか初々しいやつらだなあ。よしよし、俺が手ほどきしてやるからな。心配するな」

　偵徳は楊庵と董胡の肩に両腕を回して余計な親切心を発揮する。

「て、偵徳先生！　董胡に変なこと教えないで下さい！　こいつはそういうの苦手だから」

　楊庵は慌てて偵徳に叫んだ。

「なんだよ。自分だけに手ほどきしろってか？　しょうがねえなあ」

「いや、そういう意味じゃ……」

　董胡を男だと思い込んでいる偵徳に楊庵の男心は伝わるはずもなかった。

　偵徳と楊庵が肩を組んで色話をしながら歩く間、董胡は行き交う人々の様子を熱心に眺めていた。

朱雀は芸術に秀でているせいもあって、街並みも美しく、飾り窓にさりげなく活《い》けられた一輪挿しや、華やかな暖簾《のれん》や、色付けされた大きな甕壺《かめつぼ》など、通りを歩いているだけで目が潤う気がする。歩く人々も玄武では見かけない派手な着物を着ていて、色鮮やかな模様の帔帛《ひはく》を背中から腕に羽織っている。

帔帛といえば、玄武では貴族の装飾品で平民が身につけることはないのだが、通りを歩く平民らしき女性たちの多くが羽織っている。誰もが化粧をしているせいか美人ばかりだ。

朱雀には美人しかいないのかと驚いたが、どうやらこの辺りの大通りを歩いている女性は、ほとんどが色街で働いているか舞団の舞妓《まいこ》らしい。

男性は伍尭國のあちこちから遊びに来ている金持ちらしく、身なりのいい貴族や、恰《かっ》幅《ぷく》のいい白虎の商人らしき人、青龍の高位の武官らしき人など様々だ。中には異国人のような人もいる。見たことのない髪色の人もいた。

医師の多い玄武の街とは全然違う街並みだが、董胡の特殊な目に映る色はさほど違わない。甘い物好きもいれば辛い物好きもいて、酒呑《さけの》みらしき苦味好きもいる。

（食の好みは玄武と変わらないか……）

街を歩く人の色を見れば何か分かるかと思ったが、特に変わったところはない。ただ……。

（なんだろう……。時々そっくり同じ色を放つ人がいるな……）

少し珍しい色の出し方だが、先ほどから同じ色を放つ人を何人か見た。

だが、別に病的だというわけではない。普通の健康そうな人々だ。

(食文化の流行《はや》りみたいなのがあるのかな……)

何か玄武にはない流行りの料理があるのかもしれない。それを好む人がみんな同じような色を放っているのだろうと董胡は思った。

花街の区画に入り、董胡たちが目指したのは『雅舫楼《がぼうろう》』という妓楼で、奥の方にあった。

手前ほど手ごろな店で奥へ行くほど高級妓楼らしい。

それは門構えを見ただけで分かった。

手前にある店は宿屋を少し小綺麗《こぎれい》にした程度の建物だが、奥にある三軒は巨大な門塀に囲まれて中の様子がまったく見えない。門の前に立つ男に取り次いでもらってようやく中に入れてもらえるらしい。

偵徳が最初入れてくれと頼んでも「一見《いちげん》はお断りだ」と言って追い払われた。

仕方なく金子のたっぷり入った巾着袋《きんちゃくぶくろ》を見せると、怪しみながらもなんとか中に取り次いでもらえた。

門を入ると、中は驚くほど広かった。

燈籠《とうろう》の並ぶ小道を通って建物の中に入ると、真ん中に大きな池のような生《い》け簀《す》があって舟が浮かんでいた。雅舫というのは、伍尭國の貴族が舟遊びをする時の屋形船のことだ。その生け簀を囲むように回廊が巡っていて、四階まで部屋があるようだ。

ずいぶん賑《にぎ》わっているらしく、各階に客を案内する妓女見習いの少女が行き交っている。

案内の男は上《あが》り框《がまち》に座っていた老婆にこそこそと耳打ちして、再び門の方へ戻って行った。

「ようこそおいで下さいました。雅舫楼は初めてでございますか？」

おかみというよりおばばといった感じの老婆は、ゆるゆると頭を下げて尋ねた。

「おお。そうだ。俺は玄武で治療院を開いている医師だ。これが腕がいいもんだから儲《もう》かってな。今日は弟子二人を連れて余ってしょうがない金子を使い切ってやろうと思ったんだ。この金子で五日ほど泊まれる部屋を用意してくれ」

偵徳は調子にのった成金平民医師を見事に演じ切って、巾着の金子を手渡した。

朱雀の妓楼は妓女を一時だけ買いに来る客もいるが、宿として滞在することもできる。だが宿泊となると恐ろしいほどの高額となるため、庶民には無理だ。しかも五連泊となると平民が人生十回分貯め込んでも不可能な金子が必要だ。平民がそれだけの金子を持っているということは、余程あこぎな商売をしている可能性が高い。

おばばは品定めするように偵徳と二人の弟子をねめつけた。黄色く澱《よど》んだ視線は思いのほか鋭く、意地の悪い妖怪《ようかい》のような風貌《ふうぼう》だ。

やがて薬籠《やくろう》を背負っている董胡と楊庵を見て問題ないと見定めたらしく、担保金を受け取ると、詰所になっているらしい部屋に向かって「綺羅《きら》」と呼んだ。

すぐに肌の透き通るように白い小柄な少女が現れた。目の大きな美少女だ。肩までで短く切りそろえたおかっぱ頭に真っ赤なお仕着せのような動きやすい衣装を着ている。

「こちらのお客様を楓《かえで》の間にご案内して。五日間お前がお世話をなさい」

「はい」

綺羅と呼ばれた少女は偵徳に会釈をして、ついてくるようにと促した。

董胡たちは草鞋《わらじ》を脱いで階段を上り、二階の一番端の座敷に案内された。

おそらくこの妓楼《ぎろう》で一番安い部屋なのだろうが、狭いながらも二間あって、一つの部屋は厚みのある布団がすでに敷かれ、薄布が御簾《みす》のように寝所を囲っていた。

もう一間は座卓と座布団があって、隅にある小さな香炉から良い香りの煙が漂っていた。

そもそも建物に入った時から色んな香りがしていて、部屋ごとに違うお香を焚《た》いているらしい。

鼓濤の后宮《きさきぐう》でも茶民や壇々が帝のお渡りの日などに香を焚いている。香木を粉末にして蜂蜜《はちみつ》や梅の果肉などと一緒に練り合わせ、小さく丸めて香炉に入れて炭火でくゆらせるのだと教えてもらった。

生薬にもなる香木などもあって、見た目は丸薬と見分けがつかなかった。

「お食事はお済みでいらっしゃいますか？」

腰を下ろして寛《くつろ》いだところで、綺羅が尋ねた。

「いや、朝から何も食べてない」

「ではご用意致しましょう。お待ちくださいませ」

綺羅はまだ十代半ばぐらいの子供のようだが、よく教育されていた。

頭を下げて、見事な所作で部屋から出て行く。

「食事も出るんだ。すげえな」

楊庵はこんな豪華な部屋は初めてらしく、きょろきょろと見回している。

「あったりめえだ。五日であの金子を散財するんだ。食事も酒も頼めばいつでも用意してくれる。湯にも好きなだけ浸《つ》かれるぞ」

偵徳はさすがに妓楼に詳しいらしい。

「と言っても、玄武にある妓楼はこんな立派なもんじゃねえけどな。しかも泊まりなんて出来る身分じゃなかったけどな」

偵徳もさすがに妓楼に泊まるのは初めてのようだ。

　やがて食事と共に妓女が三人入ってきた。

「いらっしゃいませ〜、先生。お医者様ですって？」

「玄武からはるばるいらっしゃったの？　ようこそ雅舫楼へ」

「ねえ、先生。私の体も診て下さらないこと？」

「ああん、ずるいわ、姉さん。私も診て頂きたいわ」

二人の妓女はかしましく、さっそく偵徳にしなだれかかっている。

あと一人の妓女は、三人の中で飛び抜けて美しい容姿をしているが、ずっと不機嫌な顔で黙り込んでいた。楊庵の隣に座り、面倒そうに料理を取り分けている。

「俺は玄武では評判の名医なんだ。どこか悪いところがあるなら診てやるぞ。俺の診察を受けられるなんて運がいいお嬢さんたちだ。どれどれ、見せてみろ」

妓女たちが「きゃあぁ〜」と笑いながら体をくねらせて逃げている。

偵徳はもはや芝居なのか、いつもの手なのか分からないほど演技が板についている。

偵徳が騒いでくれるおかげで、董胡はじっくりと妓女たちの様子を見ることができた。

だが、見える色は特に変わったものでもなかった。

甘い物好きと酸っぱい物好きと塩味好きだ。

顔色も良く、肌が荒れているようでもなく、見える部分に病変はない。

「少し気分が優れないのでお暇《いとま》しても良いかしら」

ふいにさっきから黙り込んでいた妓女が言って立ち上がった。

そして偵徳が返事をするよりも早く、部屋を出て行ってしまった。

「なんだ？　俺が気を悪くさせちまったか？」

偵徳が残った妓女に尋ねると、二人は顔を見合わせて肩をすくめた。

「放っておけばいいですわ。夕霧《ゆうぎり》姉さんにお客を取られて拗《す》ねているのですわ」

「葵《あおい》姉さんは長く上楼君《じょうろうくん》の座で威張っていたからただの妓女に落ちて不満なのでしょう」

「一時は、雅舫楼は葵楼君《あおいろうくん》の人気でもっているとまで言われていましたけど」

「今では顧客のほとんどを夕霧姉さんに奪われて、宴会に顔出しする妓女ですもの」

二人の話によると、この店では一定の上客を持つようになると妓女から楼君に昇格して、さらに上楼君になると四階の個室を与えられるらしい。上楼君の定員は三人で、夕霧姉さんと呼ばれている人は最近上楼君になって、代わりにさっき出て行った葵という人が妓女にまで落ちたようだ。

妓女は宴会に顔出しして、固定客を自分で増やしていかねばならない。そうして売上が上位三番目までになると上楼君に昇格する。大事なのは売上の額で、固定客が多ければいいというものではない。固定客が一人でも大金持ちの上客であれば、それだけで上楼君になれる。

葵という人は、その上客をことごとく夕霧に奪われたらしい。

「でもねえ、一度妓女に落ちてしまうと楼君になるのは難しいのよねえ」

「そうそう。上客はみんな最初から楼君を指名してくるから、宴会にいくら顔出ししても上客になんて出会えないものねえ」

「あら、先生を上客じゃないって言ってるわけじゃないのよ」

「ええ。私たちは最初から楼君なんてなれると思ってないもの」

「私は偉そうな貴族様の上客よりも先生みたいな人の方が好きよ」

「私もよ。だから先生、私を床入りに指名してね」

「ああん、ずるいわ。私を指名してよ、先生」

二人の妓女に懇願されて鼻の下を伸ばしていた偵徳だったが、食事の後、綺羅を呼んで床入りに指名したのは不機嫌に部屋から出て行った葵だった。

◆

「あの好きもの親父、本当に妓楼に遊びに来たんじゃないだろうな」

楊庵は縁側に足を投げ出して口をとがらせた。

董胡と楊庵は妓楼の裏庭に面した人気のない縁側に並んで座っていた。

裏庭には本物の池があり、宿泊客がのんびり散策できるぐらいの庭園が広がっている。

さすがに高級妓楼はよく出来ていて、貴族の屋敷をこぢんまりと再現したような造りになっていた。

二か所ほど屋根のついた四阿《あずまや》があり、妓女を誘ってお茶席を設けることもできるようで、貴族らしき男性と、楼君とおぼしき豪奢《ごうしゃ》な着物の女性が扇を広げて座っている。

甲斐甲斐《かいがい》しく世話をしているのは綺羅と同じ真っ赤なお仕着せの少女たちだ。

その風流な様を、董胡と楊庵は縁側に座って遠くに眺めている。

なぜなら偵徳に部屋を追い出されたからだ。

「お前らも床入りに指名したい妓女がいれば遠慮なく言っていいぞ」

偵徳は上機嫌に言いながら、葵と一緒に寝所に入っていった。

そうして菫胡と楊庵は居心地悪く部屋を出て、裏庭を眺めることとなったのだ。

「まあしょうがないよ。妓楼に来て誰も床入りに指名しない方が怪しいもの。偵徳先生が床入りしてくれないと、私か楊庵がやらなきゃならないんだよ？」

「な！　無理だろ！　菫胡が床入りなんかしたら……」

楊庵は続きを言おうとして、慌てて口を押さえた。

女性だということがばれてしまうと言いたかったのだろう。

「私の秘密を偵徳先生にも黙っていてくれたんだね。ありがとう、楊庵」

菫胡が行方知れずになって卜殷もいなくなった中で、不安を抱えながらも菫胡の秘密を一緒にいた偵徳にさえ漏らすことなくいてくれた。

「当たり前だろ。俺は菫胡が必ず生きていると信じてたんだ」

楊庵は少し照れたように視線をそらした。

「卜殷先生は？　連絡はないの？」

再会してからずっと聞きたかった。

だが偵徳のいるところでは聞けなかった。

「ないよ。菫胡が麒麟寮で行方知れずになって、慌てて卜殷先生に知らせにいったら治療院はもぬけの殻だった。家捜しされたように荒らされていて、それっきりさ」

やはり楊庵は卜殷から何も聞いていないらしい。

董胡が本当に玄武公の宮から攫《さら》われた一の姫なのか？　濤麗《とうれい》というのは董胡の母親なのか？　父親はまさか卜殷先生なのか？　昔、一体何があったのか？

卜殷に会ったら聞きたいことは山ほどある。

だが、卜殷は消えたまま楊庵にも連絡をとっていないようだ。

「それより董胡の方は、玄武のお后様《きさき》付きの医官なんかになって大丈夫なのか？　その……いろいろばれるとまずいんじゃないかと思ってさ……」

楊庵は董胡が玄武の后付き医官だと思っている。まさか董胡がすっかり女とばれて、五年前に助けたレイシの后などになっていると知ったら腰を抜かすに違いない。

「私の方は大丈夫だよ。心配しないで。玄武のお后様は悪い方ではないから」

楊庵にだけはすべて話してしまいたいが、今はまだ明かすわけにはいかない。

「だったらいいんだけどさ。なんか王宮って思ったほどいい所じゃないみたいだしさ」

「？　何かあったの？」

「まあな……。麒麟寮の闇というか……。偵徳先生はそれを調べるために内医司の任務を受けたんだと思う。帝《みかど》の密偵だけど、俺達は帝を疑ってもいる」

「帝を疑う？」

どういうことだろうと思った。

「いや、まあ、董胡は気にしなくていい。お前は自分の身の安全だけ考えてろ」

だが楊庵はそれ以上話してはくれなかった。

楊庵を見くびっていたかもしれない。

案外口の堅い男だった。

話さないと決めたら、拷問されても口を割らないのは楊庵のような人かもしれない。


裏庭では茶席を楽しんでいた貴族と楼君が立ち上がり、ゆったりと部屋に戻っていくようだった。赤い服の少女たちが大きな扇で楼君の顔を隠しながら歩いていく。

庶民に決して顔を見せないところも貴族の姫君を踏襲しているらしい。

買った者しか顔を見ることも叶《かな》わぬ極上の女性。

誰もが羨《うらや》ましがる立場だろうが、同じように帝の后として籠《かご》の鳥のように暮らす董胡は、複雑な思いで眺めていた。

「世の中には信じられない金持ちがいるもんだな」

楊庵は感心したように言う。

「だって楼君を茶席に連れて行くだけでも金子が飛んでいくんだろ？」

妓楼《ぎろう》では妓女たちの時間を金で買う。床入りであろうが茶席であろうが、妓女の時間を独占するならそれ相応の金子が必要になる。そして上楼君になると、ほんの一時でも偵徳が持っている巾着《きんちゃく》袋いっぱいの金子でも足りないほど払うことになるらしい。

その楼君の時間を茶席に使うなんて、尋常でない金持ちだ。

「貴族だろうけど……どこの人だろう」

紫の袍《ほう》に真っ赤な鳥の刺繡《ししゅう》が飛び交っている。朱雀の象徴でもある鳳凰《ほうおう》だろうか。

髪は頭の上で団子にして絹で包み、織紐《おりひも》で結んでいる。成人貴族によくある髪形だ。

小さな蝙蝠《かわほり》扇を広げ持っていて、鼻から下は隠れているが目元がちらりと見えた。少し吊《つ》りぎみの切れ長の目は品よく整っている。雅《みやび》やかな男性だ。

「青龍人にしては体が細いな。金持ちってことは白虎の貴族じゃないか？」

商術を司《つかさど》る白虎の貴族は、商売の内容によって貧富の差が激しいと聞く。

商売上手の貴族は帝をも凌《しの》ぐほどの金持ちもいるらしいという話だ。

白虎といえば大朝会で会う侍女頭もきつねのような吊り目だった。

（白虎は吊り目の人が多いのかな……）

だが白虎公、虎氏《こし》は吊り目ではなかった。

（年齢と共に垂れてくるのかな……）

あれこれ考えていた董胡に、楊庵が思い出したように告げた。

「そうだ。董胡に会ったらこれを渡そうと思ってたんだ」

懐から薬包紙に包まれたものを取り出して、董胡に手渡した。

「なに？」

董胡は首を傾げながら薬包紙を開いて驚いた。

「冬虫夏茸《とうちゅうかたけ》！」

それは斗宿にいる間、董胡がこつこつと貯めていた高級生薬の冬虫夏茸だった。

「持ってくれたの？　ほんとに!?　ありがとう、楊庵!!」

董胡にとってこれほど嬉《うれ》しいことはない。

「治療院の薬草籠もほとんど荒らされてなくなってたけど、土間に置いてあった董胡専用の籠だけは無事だったんだ。宝物だって言ってたからさ」

あれほど気味悪がっていた生薬なのに、懐に入れて持っていてくれたのだ。

「本当にありがとう、楊庵！　大好き!!」

思わず抱きついた董胡を、楊庵は少し焦ったように受け止める。

「へへ。いいってことさ。お前のことは俺が一番分かってるからな」

「私も楊庵のことは分かってるよ。だから楊庵も私に遠慮せずにせっかくだから床入りの妓女を指名していいよ。本当は我慢してるんでしょ？」

「な!!」

楊庵に良かれと思って言ったのだが、なぜか頭に思いっきりげんこつを落とされた。

そしてそのまま怒って行ってしまった。

董胡は楊庵のことを全然分かっていないのだった。

七、朱雀の奇病

「おかしいなあ……」

偵徳はがつがつと料理を頬張りながら、ぽつりと呟《つぶや》いた。

葵が部屋から出た後、三人は綺羅に頼んで夕餉《ゆうげ》の膳《ぜん》をいただいていた。

雅舫楼の食事は味がいい。朱雀特有の珍しい料理もあって、董胡には興味深かった。

「何か分かったのですか？」

「いや、葵を見る限りは、妓楼特有の下の病もなく健康そのものだった。ここは高級妓楼だけに衛生状態も良く、少なくとも疱瘡《ほうそう》や虫が流行《はや》っているような様子はない」

董胡も行き交う妓女をさりげなく見ていたのだが、病を疑うような人はいなかった。

「本当に流行り病なんてあるのか？　帝の先読みなんて嘘っぱちだろう」

「朱雀の大風と青龍の火事を当てたって話だけど、俺達は見てないしな」

その頃は玄武にいた偵徳と楊庵にとっては、どちらも遠くの出来事だった。

まだまだ伍尭國の大半の民が、本当に帝にそんな力があるのか怪しんでいる。

「先読みだからこれから流行るってことか？　だったら症状もないのに病の原因なんて

見つけられっこないけどな」

董胡の色を視る目にも何も映らない。すでに行き詰っていた。

「ただ葵が言うには、夕霧がおかしいって話なんだよな」

「夕霧って、葵さんの代わりに上楼君になったっていう？」

偵徳は、なんだかんだで情報収集はちゃんとやっていたみたいだ。

「今まで地味で全然客もつかなかったのに、急に指名が相次ぐようになったって言うんだ」

「そんなの葵さんのやっかみだろ？　顧客を取られたから言いがかりをつけてるんだ」

料理を頬張りながら楊庵が口を挟んだ。葵という妓女に良い印象を持っていないらしい。

「いや、俺も最初はそう思ったんだけど、妙なことを言い出したんだよな」

「妙なこと？」

偵徳はこそこそ話をするように指先をちょいちょいと曲げて、董胡と楊庵に顔を寄せてくるように示した。そして神妙な顔をして告げる。

「呪術《じゅじゅつ》だ」

「呪術っ⁉」

董胡と楊庵はひそめた声で聞き返した。

偵徳は真顔で肯《うなず》く。

「なんでも夕霧が呪術で顧客を奪っているって言うんだよ。それしか考えられないって」

真っ先に楊庵が肩をすくめて顔を離した。

「馬鹿馬鹿しい。言いがかりもそこまでくるとおかしいよ。葵さんの方が夕霧さんを呪い殺そうとでも思ってるんじゃないの？　感じの悪い人だったし」

態度は確かに悪かったが、それにしても大胆な発想だ。

「呪術って本当にあるんですか？」

医術の流れで文献を読んだことはあった。

生薬も鍼《はり》も効かない謎の病は呪術師の業《わざ》によるものだと言われている。

董胡はずっと、治療法が見つからない時の医師の方便だと思っていた。

だがレイシに接してみて思い直した。先読みや翠明の式神《しきがみ》など、麒麟の血筋には説明のつかない神通力を持っている人が確かにいる。それに董胡の色が視える力も謎といえば謎だ。

呪術というものがあったとしても不思議はない気もする。

「信じるなよ、董胡。呪術でどうやって顧客を奪うんだよ」

楊庵は昔から現実的な思考の持ち主だ。董胡の色を視る力も、長年見てきたにも拘《かか》わらず信じ切れていないようなところがあった。

「まあ呪術ってのはどうかと思うが、案外根拠のない話でもないんだよ、これが」

偵徳が続けた。

「どういうことですか？　誰か呪術を受けたような症状の人がいるのですか？」

「なんでも葵が言うには、夕霧は妙な匂いの香を焚《た》いているって言うんだ」

「香？」

董胡は自分の背後に置かれていた香炉に視線をやった。

「香で呪術をかけるって……まさか……」

董胡ははっと偵徳を見た。

「気付いたか、董胡」

「え？　なに？　どういうこと？」

楊庵だけが意味が分からず偵徳と董胡を交互に見ている。

「阿芙蓉《あふよう》ですか？　偵徳先生」

董胡が尋ねると、偵徳は肯いた。

「阿芙蓉って？」

楊庵は首を傾げた。

「麒麟寮の実習生は習った生薬だよ。芥子《けし》の実から作る鎮痛薬なんだ。小さく丸めて丸薬として用いるものなんだけど、希少な割に効きが遅く薬効もあまりない。鎮痛というよりは軽い睡眠導入剤や媚薬《びやく》として長年用いられていた」

「媚薬？　じゃあそれを飲ませれば客が夕霧さんに夢中になるとか？」

楊庵の問いに董胡は首を振った。

「そこまでの効能はないよ。飲んでしばらくすれば少し気分が高揚して爽快《そうかい》になる。痛みがあって眠れなかった人は軽快して眠ることができる。でもそれならお酒の方が安価で効能も高いぐらいだ。丸薬を飲んだからといって、夕霧さんに夢中になるほどのものではない。いや、なかったんだ。ほんの少し前までは」

「ほんの少し前まで？　どういうことだ？」

楊庵はますます分からないという顔で尋ねた。

「新たな用法が見つかったんだよ」

「それがこいつだ」

偵徳が香炉を手に取って見せた。

ぽかんとしたままの楊庵に董胡が続けた。

「ほんの数年前のことだよ。ある医師が、嚥下《えんげ》能力が低下して丸薬を飲むことすらできないで痛みに苦しむ患者を、少しでも楽にさせてあげたいと阿芙蓉の丸薬を香炉で焚いて煙を吸わせてみた。するとこれが驚くほどの効力を示し、丸薬で飲むよりもはるかに優れた効力があることが分かったんだ」

「阿芙蓉の原料となる芥子は数種類あるんだが、どうやら一部の芥子から出来た阿芙蓉は丸薬として胃腑《いふ》から吸収するよりも、煙で吸って肺の臓から吸収する方が薬効の高い生薬になるらしい」

偵徳が説明を引き継いだ。

「では媚薬の効果も？」

「ああ。玄武の妓楼《ぎろう》ではすでに『極楽金丹《ごくらくきんたん》』の名で闇取引が行われていた。元々さほど需要のない丸薬だったから供給量が少なく、妓楼で流行り出した途端に値が跳ね上がり、庶民には手の出ない牛薬になった。だから出回るほどじゃなかったけどな」

「麒麟寮の薬庫も品切れ状態が続いていたのだけど、偵徳先生が一粒持っていたんだ」

ある日、偵徳がなじみの妓女にもらったと言って董胡に見せてくれた。

そして試しに焚いてみようということになった。

董胡は少し嗅《か》いだぐらいだったので、多少頭がすっきりするぐらいにしか感じなかったが、頬と胸の古傷が常に痛む偵徳にとっては痛みから解放され、まさに極楽のひとときだったそうだ。

「あの快感は忘れられない。もしも手軽に手に入るなら、俺だって毎日でも吸っていたい」

ようやく理想の鎮痛薬を見つけたと思ったのもつかの間、今では貴族ですら簡単に手に入らない高級薬になってしまった。

「じゃあ、夕霧さんもその『極楽金丹』を手に入れて？」

媚薬効果のある香と聞いて、真っ先に思い浮かべたのはそうだが……。

「考えられる話ではあるけど、今回の帝《みかど》の先読みと関係あるのかどうか……」

何より玄武の貴族医師ですら手に入らない希少薬を、朱雀の妓女がどうやって手に入れたかだ。誰か援助してくれる大金持ちでもいなければ無理だ。

「とにかく、まずは夕霧が焚く香が本当に『極楽金丹』なのか確かめよう。そこから何か流行《はや》り病の糸口が摑《つか》めるかもしれない」

「私は『極楽金丹』の煙を嗅いでいます。もう一度嗅げば同じものなら分かります」

董胡が申し出て、夕霧の部屋に近付き香の匂いを確かめることになった。

そして偵徳は再び葵から詳しい話を聞き、楊庵は妓楼の外に出て街の様子を探ることにした。

日の昇らない朝方は、妓楼が一番静かな時間帯だった。

董胡はまだ寝入っている偵徳と楊庵に気付かれないようにそっと部屋を出た。

廊下に人通りのない今なら四階の夕霧の部屋にこっそり忍び込むこともできそうだ。

心配性の楊庵に言うと一緒に行くと言ってきかないだろう。だが楊庵のように背の高い男が隣でうろうろすると目立って仕方がない。董胡一人の方が動きやすい。

生《い》け簀《す》が吹き抜けになって見渡せる回廊は確かに目立つのだが、最小限の灯だけになっている今なら、薄闇に紛れて進むことができる。

辺りを探りながらそっと階段を上り、一気に四階まで進む。

上楼君の個室が並ぶ四階に着くと、急に別世界になった。

柱一つ、格子窓一つが豪華で重厚で、吊《つ》り下げられた飾り燈籠《とうろう》も幻想的だ。

朱雀の后宮《きさきぐう》を思い出した。

董胡がこの華やかさに圧倒されないのは、朱璃の煌《きら》びやかな宮を見ているからだ。

趣向は凝らしてあるが、重厚感は朱雀の后宮の方が数倍上等だった。

（どれが夕霧さんの部屋だろう）

もっと部屋の外まで杏の匂いが漏れ出ていると思ったが、三つ並んだ個室は何重もの扉と襖《ふすま》の奥に寝所があるらしく、廊下に香るのは下階の部屋で焚いた香の匂いばかりだ。

（やっぱり部屋に入らないと分からないな）

やがて右端の扉に飾られた扇に『夕霧』の崩し文字が書かれていることに気付いた。

（ここが夕霧さんの部屋だ）

扉に耳を当てて中の様子を窺《うかが》ってみても、何の物音もしない。

（まだ寝ているみたいだ。今なら気付かれない？）

董胡はいつもの無謀な度胸を発揮して、扉に手をかけた。しかし、その時。

「っ!!」

その手を誰かに掴まれて、思わず声を上げそうになった。

（しまった!!）

万事休すと振り向いた董胡は、思わぬ相手に目を見開いた。

「綺羅……」

赤いお仕着せ姿の綺羅が鋭い目で董胡を見上げていた。

「こんな所で何をなさっておいでですか？」

「そ、それは……」

「ここは特別なお客様がお泊まりになるお部屋でございますよ」

「あの……上楼君っていうのはどんな美女なのか見てみたくて……」

浅はかな言い訳だが他に思いつかなかった。

綺羅は大きなため息をついた。何だか自分の方が綺羅より子供に思える。

「お客様が武官様なら斬り捨てられていました。一緒に来ていただきましょう」

綺羅は董胡の手をぐいぐいと引っ張って、階段を下りていった。

「あの……どこへ……」

「鴇婆《ときのばば》様の所にお連れ致します」

鴇婆とは、妓女を取り仕切る女性のことで最初に会った妖怪《ようかい》のような目つきの老婆のことに違いない。

まずいことになってしまった。

(私のせいで三人とも追い出されてしまう？)

まだ調べ始めたばかりなのに、早くもしくじってしまった。

「あの……見逃してくれない……かな？」

遠慮がちに綺羅に尋ねてみたが、キッと睨《にら》みつけられてしまった。

ここで董胡が綺羅の手を振り払って逃げ出したところで、部屋で眠っている偵徳と楊俺が代わりに捕まるだけだ。董胡はがっくりと観念して、綺羅についていった。

「あの、あの、初めての妓楼で舞い上がってしまって、ほんの好奇心の出来心なんです。ごめんなさい。もうしませんから許して下さい！」

董胡は玄関口の隣にある詰所に入ると、すぐに土下座をして謝った。

鴇婆は火鉢に火を入れながら妖怪の目で董胡をねめつけた。

その口からトカゲの足のようなものがはみ出しているのに気付いて、董胡はぎょっとする。

トカゲを喰《く》う妖怪だったかと青ざめたが、よく見ると干し柿のへただった。

鴇婆は干し柿のへたを、ぺっと火鉢に吐き出して董胡をぎろりと睨みつける。

「四階のお客様は素性を隠してお忍びで来ておられる方もあらっしゃる。部屋に忍び込んだと騒ぎ立てられたら、役所に引き渡すか、下手をすれば秘密裡《ひみつり》に葬り去ることになっていたかもしれぬ。それを分かっているのかえ？」

「は、はい……いえ……それは……」

しどろもどろな董胡に鴇婆は盛大にため息をついた。

「まったく。姫様《ひぃ》もどんくさい密偵を送ってきたもんだねえ」

「え？」

董胡は驚いて顔を上げた。

「どれ？　あんたはやけに綺麗《きれい》な顔をした男子《おのこ》だねえ。背も低いし声変わりもまだのようだ。綺羅、着物を一つ出しておいで」

「あの……？」

菫胡は訳が分からないまま鴇婆を見つめた。

やがて綺羅が奥から真っ赤な着物を一揃い持ってきて菫胡に手渡した。

「これに着替えておいで。話はそれからだえ」

衝立《ついたて》の裏で渡された着物に着替えると、綺羅と同じお仕着せ姿になった。

「ふ……む。見事に化けたものよ。妓女見習いにしか見えないねえ。しかも上玉だ」

鴇婆は菫胡の周りをぐるりと一周して、感心したように呟《つぶや》いた。

「綺羅、髪と化粧をしておやり」

綺羅は肯《うなず》くと、角髪《みずら》に結った菫胡の髪をほどき器用に編んで、赤い紐《ひも》で胸までのお下げ髪に直してくれた。そして白粉《おしろい》と紅をさすと、もはや楊庵にさえ菫胡だと分からない変化を遂げた。

「なんと……。これは十年に一人の逸材だ。お前、妓女になる気はないかえ？」

「い、いえ。私は男……ですし……」

「ああ……。そうだったな。では舞童子はどうかえ。朱雀の美少年を集めた舞団だえ」

「いえ……。私は玄武の医師ですので……」

鴇婆は心底残念そうに妖怪の目に落胆を滲《にじ》ませた。

「あの……お二人はもしかして……朱璃姫様の……」

董胡にもさすがに分かってきた。

「ああ、そうだえ。姫《ひい》様から帝《みかど》の密偵が玄武の医師を名乗って来ると聞いていた。お前たちが動きやすいように援護を頼まれている」

鴇婆はあっさりと認めた。

「ここは姫様のお父上、今は朱雀公となられた楼主様の造られた妓楼だ。当時は、妓楼街で催される舞団の紅拍子でもあったお母上に付き添って、姫様もよく遊びに来られていた。そしてこの綺羅は、今だけ姫様の間者として特別に派遣されている」

「え？　では綺羅は妓女見習いではなく……」

「私は光貴人の舞団の舞妓《まいこ》です。光様の第一の弟子です」

光貴人というのは確か朱璃の紅拍子の芸名だった。

道理で所作が洗練されていたわけだ。まだ少女だが、あの朱璃姫が第一の弟子にするなら、相当使える人材に違いない。

「ちょうど今から上楼君の部屋に朝餉《あさげ》の準備をさせる。何か調べたいなら、綺羅についていくがいい。ただし、上楼君の部屋のお客様はみんな一癖も二癖のある難しい方々だ。目立つことをしてはならぬぞえ」

思わぬ助け船だった。赤いお仕着せの妓女見習いの姿なら、怪しまれずに部屋に入り込むことができる。

「分かりました」

こうして董胡は綺羅と共に再び四階に向かうことになった。

配膳《はいぜん》室で出来上がったばかりの朝餉を受け取り、階段を上る。

董胡たちの部屋で出される膳とは違って、漆塗りの盆に器の一つ一つも高価なものだ。

后宮の膳と似ている。

上楼君の部屋の上客はほとんどが裕福な貴族ゆえ、上流貴族の様式に合わせているのだろう。

「夕霧姉さま、朝餉の準備に参りました」

綺羅は最初の格子の扉を開き、中に入っていく。

玄関口に入ってすぐに一つ目の襖があり、左右に簡単な水屋と湯床があるらしい。

その先にまた襖があり、開くと金の屏風《びょうぶ》と美しい着物の掛けられた几帳《きちょう》で囲われた広い部屋があった。ここに膳を置いて食事をするらしい。

部屋には誰もいなかった。

几帳の奥にもう一部屋あるらしく、そこが寝所になっているようだ。

夕霧も客もまだ眠っているらしい。

綺羅は几帳に無造作に掛けられた着物を真っ直ぐに掛け直し、床の間に活《い》けた花から落ちた花びらを拾い集めて部屋を整えていく。

董胡は膳を置いてすぐに香炉を探した。

香炉はすぐに見つかったが、残念なことに使われていなかったようだ。

せめて痕跡《こんせき》だけでもと思って飾り彫りの蓋《ふた》を上げてみたが、燃えカスすらもなかった。

(寝所で焚《た》いているのか……)

さすがに寝所に入るわけにはいかない。

せっかく部屋にまで入り込めたのに、これでは何の収穫もない。

がっくりと肩を落とす董胡の耳元に、唐突に囁《ささや》くような声が響いた。

「何をしている?」

ぎょっとして振り向くと、いつの間にか董胡の真後ろに覆いかぶさるように男性がいた。

結いを解いたままの長髪が頰にかかり、着崩れた着物から胸がはだけて見えている。

なんともいえぬ大人の男性の色気に圧倒され、董胡は言葉も発せないまま固まった。

(この人は……)

狐のような吊《つ》り目の雅《みやび》やかな整った顔立ち。

昨日、裏庭のお茶席にいた貴族男性だった。

(では一緒にいた女性が夕霧楼君だったのか……)

男性の背後にある寝所の襖《ふすま》が半分開いて、扇でしどけない姿を隠す夕霧が見えた。

男は足音もたてずに寝所から董胡の背後に近付いてきたらしい。

「香炉がそんなに珍しいか？」

不思議な響きを持つ、魅惑的な声をしている。

「いいえ。香炉のお掃除もしておこうと思ったのですが、燃えカスがなかったので……」

「私は、香は好かぬのだ。聞いてないのか？」

耳を押さえつけるようにして董胡の左耳をぐっと摑《つか》んだ。

すっと男の指先が伸びて董胡の顔を覗《のぞ》き込む視線に、ぞくりと背中が冷えた。

（な、なんか怖い……。この人……）

帝や玄武公をはじめ、恐ろしいほどの威厳を持つ人々を間近に見てきた董胡だったが、この男の怖さは何か違う。もっと底冷えのするような恐ろしさだ。

「見ない顔だな。新入りか？」

言葉を失《な》くしたまま耳を摑まれている董胡に代わって、綺羅が横にきてひれ伏した。

「若君、失礼を致しました。この者は我が楼主が美少女との噂を聞きつけ、村から連れてきたばかりの娘でございます。粗相を致しましたなら厳しく罰しますゆえお許し下さいませ」

「…………」

男はまだ耳を摑んだまま、怪しむように董胡を見つめている。

やがて納得したのか肯いた。

「ふ……む。確かに美少女だな。なるほど、良い目をしている。気に入った。破瓜《はか》はいつだ？　私が一番に指名してやろう」

妓楼用語は知らないが、どうやら破瓜というのは初床入りだと分かった。

「まだ決まっておりません。このように無作法ゆえ、今少ししつけが必要でございます」

綺羅が代わりに答える。

「しつけなら私が施してやろう。客を取りながらしつけてもらえるなら楼主も文句はないだろう。今日にも破瓜儀礼の準備をするがいい」

「!!」

董胡も青ざめたが、綺羅も珍しく動揺している。

「わ、若君。それはさすがに急な話でございます。今少しお時間を……」

「何の時間がいるのだ。私がすべてしつけると言っている」

「で、ですが、この者は楼君でもなく若君に相応《ふさわ》しいお部屋をご用意することも出来ませぬ」

「ならば楼君になるがいい」

「え？」

綺羅が蒼白《そうはく》な顔を上げた。

「私が夕霧の倍の金子をこの者に払おう。今日から夕霧の代わりにこの者を上楼君にするがいい」

「な！」

綺羅までが言葉を失った。

そして誰より動揺したのは寝所で聞いていた夕霧だった。

「お、お待ちを！　若君!! 私の何がお気に召しませんでしたか？　お気に召すように致します。ですからどうか、どうか、私を捨てないで下さいませ！　どうか！」

夕霧は髪を振り乱し、はだけた着物のまま走り寄って男に縋《すが》り付いた。

その顔は葵が言っていたようにどちらかと言うと地味な雰囲気で、整った顔立ちではあるが上楼君というには華やかさが足りない気がした。

「こんな子供よりも私の方がずっと若君のお役に立てます。だから、どうか……」

男は夕霧が縋り付く手を、汚いもののように払いのけた。

「私は手に入らぬものを追いかけたい質《たち》でね。追ってくる女ほどつまらぬものはない」

尚《なお》も縋り付こうとする夕霧に、男は冷ややかに言って足蹴《あしげ》にした。

「夕霧さんっ！」

菫胡はまだ耳を摑んでいた男の手を振り払い、蹲《うずくま》る夕霧に駆け寄った。

「大丈夫ですか？　夕霧さん」

しかし夕霧は蹴られた腹を押さえながら、憎々しげに菫胡を睨《にら》みつけた。

その顔を間近に見た菫胡ははっとした。

なにかがおかしい。

だがその違和感の正体を見極める前に、夕霧の平手が董胡の頰を打った。

「あっ!」

突然のことに避《よ》けるひまもなかった。

怯《ひる》んだ董胡に、更に続けざまに夕霧の拳《こぶし》が力一杯振り下ろされる。

「ちょっ……。夕霧さん……落ち着いて……」

「夕霧姉さま、おやめ下さい。若君の前ですよ!!」

綺羅の言葉に、夕霧ははっと気づいたように男を見上げた。

その蔑《さげす》むような視線に気付くと、夕霧は再び男に縋り付いた。

「若君、違うのです! 私はただ、この者が若君に気に入られようと心にもなく私を心配している振りをするのが許せなかったのです。この者は気遣いのある風を装って、本当は心の中で私を嗤《わら》っているのでございます。こんなあざとい女に騙《だま》されないで下さいませ」

「夕霧さん……」

とんだ修羅場になってしまった。

何か弁解をしたいが、今は董胡が何を言っても夕霧の気持ちを逆なでするように思う。

妓楼《ぎろう》における客の取り合いというのは、死ぬか生きるかの壮絶な戦いなのだ。

(でも……それだけじゃない……)

董胡は夕霧の常軌を逸した様子を見つめながら、やはりおかしいと感じていた。

若君は自分に縋り付く夕霧の髪を摑み、顔を上げさせた。

この男はそもそも妓女を物のように扱う。菫胡の耳を摑んだり、夕霧の髪を摑んだり。そこにはおよそ人に対する礼儀のようなものはない。

「夕霧、私だってお前を捨てたいわけじゃないのだよ」

男は急に声音を優しくして夕霧に囁く。

「お前は楼君になるには早過ぎたようだ。今一度ただの妓女となって自分のすべきことを学んでおいで」

「で、でも若君、私は……っ……」

何か言おうとした夕霧だったが、髪を更に強く摑まれて痛みに顔を歪《ゆが》めた。

「口答えされるのは嫌いだと言わなかったかな？」

「!!」

優しく微笑んでいるはずの男だったが、夕霧は怯《おび》えたようにぎくりと黙り込んだ。

「私の言いたいことが分かってくれたようだね。お前が私の望むような妓女になる日を待っているよ。自分の力で楼君になってごらん。分かったね？」

夕霧は髪を摑まれたまま、こくこくと肯《うなず》いた。

完全に支配されている……と菫胡は思った。

絶対的な王に接するように、人の世を統べる神に接するように、夕霧はこの男の言いなりだった。そこにあるのは愛でも信頼でもない。

（恐怖……）

夕霧は何かにひどく怯えていた。

「どうするつもりなのですか。あなたはまったく……」

詰所に戻ると、綺羅は呆《あき》れたように頭を抱えた。

「あの若君は雅舫楼の一番の上客ですよ。無下にするわけにはいきません」

男は明後日《あさって》には破瓜儀礼の席を設けるようにと命じて、ようやく董胡を解放してくれた。

「あの人はどういう方なのですか？　若君とはどちらの宮の？」

「知りません」

「え？」

綺羅はため息をついて続けた。

「妓楼に来られるお客様は、中には進んで素性を明かす方もおられますが、高貴な方ほどお忍びでいらっしゃいます。金払いさえ問題なければ、無理に素性を聞き出すことなど致しません。お相手をした妓女なら少しは聞いているかもしれませんが、上客の情報は妓女も易々と他人に話したりしないようにしつけられています」

「じゃあ誰も、どこの誰だか知らないの？」

「婆様はご存じですか？」

綺羅は火鉢の前で干し柿にしゃぶりつきながら二人の話を聞いていた鴇婆に尋ねた。

「知らんね。だが着ている物も物腰も、間違いなく上流貴族だえ」

それは董胡も思った。

王宮で暮らす董胡は、この数か月で貴族の格というものを感じ取れるようになっていた。

（あの男は王宮を歩いていても遜色《そんしょく》のない品のようなものがある）

「ひと月ほど前かね。突然ふいっと現れて最初は妓女を指名することもなく素泊まりされていた。その内、何人かお気に入りの妓女を選ぶようになり、最終的に夕霧一人に入れ込むようになった。夕霧が上楼君になれたのは、あの若君のおかげさ。若君が指名するようになってから、夕霧にほれ込む客がどんどん増えていった。なにか客を虜《とりこ》にする技でも教えてもらったのかもしれんな。夕霧は決して教えてくれぬが……」

その技というのが阿芙蓉だったとしたら……と董胡は考えた。

だがあの部屋には阿芙蓉の香りはしなかった。寝所でも香炉を使っていた様子はない。

自分で使わないのに夕霧に阿芙蓉を渡す必要などあるだろうか？

「あの若君ではなく他の客が渡しているのだろうか……」

だが、あの若君はどうにも怪しい。夕霧の若君に対する態度も気になる。

「あなたは、あの部屋で何を探ろうとなさっていたのですか？」

綺羅が尋ねた。

「今回の任務と関係あるのかは分からないけど、気になる生薬があるんだ」

あの部屋で見つけられなかったことは残念だ。

「もしや、お探しの生薬というのはこれですか？」

綺羅が袂《たもと》から何かを取り出し、董胡の前で手を広げて見せた。

「こ、これは……」

綺羅の手の平には黒い丸薬が一粒のっていた。

「夕霧姉さんの着物を几帳《きちょう》に掛け直した時に見つけたのです。姉さんの袖《そで》の袂に入っていました」

「これだよ！　これを探していたんだ！」

董胡は丸薬を受け取り、匂いを嗅《か》いでみた。

香炉で焚《た》いてみないとはっきり分からないが、阿芙蓉の香りに似ている気がする。

「これが生薬なのですか？　香り玉かと思っていたのですが」

「服薬することもできると思うけど、香炉で焚くつもりで作っているのかもしれない」

基本的に阿芙蓉も極楽金丹も材料は同じはずだ。

「もらってもいい？　部屋に戻って焚いてみたい」

「構いませんが……それより破瓜《はか》儀礼の話はどうなさるおつもりですか？　明後日となれば替え玉を探すひまもございませんよ」

「夕霧の二倍の金子を払うと言ってあらっしゃるんだえ？　惜しいねえ。あんた、このまま妓女になっちまいなよ」

鴇婆は欲に駆られたのかとんでもないことを言い出す。

「いえ、ですから私は男でして……」

「本当に男かえ？　あんたからは男の醸す、いやらしさをまったく感じないがねえ」

「そ、それは……」

まずい。

この妖怪《ようかい》の目でねめつけられると、すべて見通されているような気がする。

どう誤魔化そうかと考えていたところで部屋の外から声が掛けられた。

「婆様、またいつもの男が来ていますが……」

門の外で客を取り次ぐ係の男が小声で尋ねているようだ。

「なんだえ。追っ払っちまいなと言っているだろうに」

鴇婆は面倒そうに言って、出迎えるつもりはないらしい。

「ですが、今日は大金を用意してきたようで……」

「ふむ。大金？　どうやって用意したんだえ？　貧乏商人のはずが……」

「分かりませんが、小袋いっぱいの金子を持っています」

「仕方ないねえ。話だけは聞いてやるかえ」

鴇婆は大金と聞いた途端、足取り軽く立ち上がって詰所のそばの玄関に出迎えた。

董胡は一番玄関に近い襖《ふすま》から、そっと外の様子に聞き耳をたてた。

「鴇婆、ほら金子を用意した。これで夕霧に会わせてくれ！　これだけあれば上楼君の夕霧にも会えるだろう？　頼む。ほんの一時でいいから！」

「六造《ろくぞう》さん。あんた、こんな大金どうやって用意したんだえ。商売で小金を稼いでは一時の妓女を買いに来ていたあんたが、こんな大金都合できるわけがないだえ？」

どうやら六造という男は、雅舫楼に細々と通っていた常連客のようだ。

「み、店を売った。使用人もみんな解雇した。妻子も里に返した」

「あんた……。なんてことを……。これからどうするつもりだえ」

「夕霧さえいればいい。俺は夕霧と一緒にいられるなら何でもするんだ！」

「馬鹿言うでねえ。あんたにとって大金だろうが、上楼君の夕霧を買うなら一夜で底をつく。その後はどうするつもりだえ」

「手っ取り早く金を稼ぐ方法ならあるんだ。大丈夫だ」

絶対大丈夫じゃない気がする。

貧乏人が手っ取り早く稼ぐ方法なんて、盗みか強盗ぐらいだ。

董胡は襖を少しだけ開いて、男の顔を垣間見《かいまみ》た。

（やっぱり……）

夕霧を見た時に感じた違和感と同じだ。

病気なのかと言われたら否と答えねばならないのかもしれないが、正常ではない。

「綺羅、他にも六造さんのようなお客さんはいるの？」

董胡は部屋の中を振り返って小声で尋ねた。

「私も十日ほど前に来たばかりですが、同じように夕霧姉さまのために大金を用意してきたお客様を三人ほど見ました」

どうやら帝《みかど》の先読みはこれに違いないと董胡は確信していた。

八、阿芙蓉

　董胡が部屋に戻ると、偵徳と楊庵は寝起きで董胡がいないことに気付いて、ようやく慌て出しているところだった。

「ああ、お嬢さん、綺羅を呼んでくれないか？　起きたら私の愛弟子《まなでし》が部屋にいないんだ」

　偵徳は赤いお仕着せの董胡を見て、妓女《ぎじょ》見習いの一人だと思ったようだ。

「それにしても別嬪《べっぴん》さんだね、お嬢さん。まだ見習いなのか。残念」

　愛弟子を捜しながらも、女好きの平民医師の役柄は忘れず演じ切っている。

　反対に楊庵は口を半開きにしたまま固まっていた。

「董……胡……」

　さすがに長年共に暮らした楊庵は、一目で董胡だと気付いたらしい。

「は？　なに言ってんだ、楊庵。董胡がどこにいるってんだよ。しっかりしろよ」

　偵徳はまだ気付かないらしく、呆《ほう》けたままの楊庵の背中をばんと叩《たた》いた。

「あの……偵徳先生。董胡です。妓女見習いに変装させてもらいました」

「………」

偵徳はしばし無言で董胡を見つめた後「えええ――――っ!!」と叫び声を上げた。

「嘘だろっ！　その辺の妓女より数倍別嬪じゃねえか。いや、確かに美少年だとは思っていたが、男がここまで化けられるものか？　なあ、楊庵！　見てみろよ！」

偵徳は感心したように董胡を上から下から斜めから眺めまわした。

「おい、楊庵、こっちに来て近くで見てみろって！」

騒ぎ立てる偵徳に反して、楊庵は視線をそらして近付いても来ない。

長年一緒に暮らしてきたが、実際に女性の姿になったことはない。初めて見る女性姿の董胡に戸惑っているようだった。避けているようにも見える。

(そりゃそうだよね)

よく知っている人ほど受け入れがたいのだろうと思った。

(レイシ様も私が女だと知ればこんな風に避けるようになるのだろうな)

いや、自分を騙《だま》していた董胡をもっと軽蔑《けいべつ》するのだろうと思った。

いつかばれる日が来たらと思うと、急に怖くなる。

「そ、それよりも時間がないのです。かいつまんで説明しますから聞いて下さい」

董胡は沈みそうになる心を切り替えて、ここまでのいきさつを二人に話して聞かせた。

「なるほど、綺羅と鴇婆はこちら側の間者だったか」

一通り説明し終わると、偵徳は納得したように肯《うなず》いた。

「一見客《いちげんきゃく》の割にずいぶん簡単に入れてもらえたと思ったんだ」

妓楼に慣れている偵徳は薄々感づいていたらしい。

「それで……これが夕霧が持っていた極楽金丹か」

卓に載せた一粒の丸薬を三人で見つめていた。

「はい。ですが、もしかして数年前に流行《はや》っていた極楽金丹より効能が上がっているかもしれません。阿芙蓉は芥子《けし》の種類によって薬効に雲泥の差があると聞きました。もしかして以前の物よりも肺の臓に効きの強い芥子が見つかっているかもしれません」

「どうしてそう思うんだ?」

偵徳は董胡に尋ねた。

「前に偵徳先生が言っていましたよね? 阿芙蓉には耽溺《たんでき》の中毒性があるかもしれないと」

「ああ、知り合いの医師に聞いた話を董胡にしたことがあったな」

それはまだ阿芙蓉が煙で効能を上げるという噂が出始めたばかりの頃の話だった。

「阿芙蓉の煙が病人の痛みを和らげると伝え聞いた医師がいた。その愛妻がもはや助からぬ病の痛みで苦しむのを見かねて、当時は今ほど高価でもなかった阿芙蓉を大量に買い込んだ。そして妻が苦しむたびに阿芙蓉を焚《た》いていたところ、医師は不思議なことに気付いた」

「不思議なこと？」

初めて話を聞く楊庵が尋ねた。

「ああ。まず中心になって病人を看病していた娘がおかしくなった。末期の病に苦しむ母《み》を看ながら沈んでいた娘が、突然些細《ささい》なことに声を上げて笑い出した。そして楽しげに看病していたかと思うと、翌朝には床から起き上がれないほどに体が重くなり死んでしまいたいと言う。そうかと思うと、再び寝たきりの母のそばで大声で歌を歌うほど元気になる。そんなことの繰り返しだった」

医師は最初、母の死期を感じ取った娘が心を病んでしまったのだと思った。

「だがそのうち、病人の部屋に出入りする他の家族や使用人たちが同じような症状を示すようになり、なぜか病人の部屋に人が集まるようになってきた」

気付けば阿芙蓉を焚く時間を見計らって、病人の部屋に入り浸る者が増えていた。

「そうして医師はようやく、阿芙蓉の煙が原因だと気付いたんだ」

「つまり……その阿芙蓉という生薬の煙を吸えば、鎮痛作用だけでなく気分が異様に高揚して、薬効が切れると反動のように気分が沈むということですか？」

楊庵は尋ねた。

「元々、鎮痛作用のある生薬は、気分を高揚させたり頭をすっきりさせたりする効能を備え持っているものが多い。だが薬の効能が切れると、高揚した振り幅と同じだけ気が落ちたように感じる。例えば酒を呑んだ時にも似たような感じになるな」

「でも薬には大なり小なり副作用があるものですよね」

それに煙というのが珍しいが、気を上げる生薬というのは別に珍しいものでもない。

董胡はそれに答えるように深刻な表情で口を開いた。

「ただ、阿芙蓉は酒や他の生薬をはるかに凌《しの》ぐほど中毒性が大きかったんだ。看病していた母親が死んでしまっても笑っていられるほど気分が上がった。でも薬が抜けると、上がった分だけ気持ちが沈む。阿芙蓉が抜けた後の絶望は想像を絶するものだったようだよ」

「病人の娘や家族たちは、その絶望に耐え切れず、病人が死んだ後も医師に阿芙蓉を焚くように懇願した。ある者は医師の足に縋《すが》り付き、ある者は脅して暴れてまで薬を奪おうとした。常軌を逸した執着を見せたそうだ」

「まさか。たかが薬でそこまでの執着なんて……」

楊庵は信じられないようだった。

酒に溺《おぼ》れる者がいることは広く知られているが、薬に溺れるという認識を持っている者は伍尭國にはほとんどいない。そんな薬は伍尭國の歴史には今までなかった。

酒に溺れる者は治療院でも時々診ることはあった。

だが、彼らはたいてい数十年という歳月をかけて中毒症になっていく。

ところが阿芙蓉の中毒は短期間で急激に起こる。

「母親が亡くなっても笑っていられるほどの狂喜だよ。普通の様子ではない。私は夕霧さんと六造さんに同じような異常さを感じたんだ」

しかも若君が原因だとすれば、ほんの一か月ほどの間に中毒症になっている者がいるということだ。当時の阿芙蓉より薬効が増していると考えた方が自然だ。

「偵徳先生に聞いた話よりも恐ろしく執着が早い。この丸薬は極楽金丹よりもずっと強い作用を持つと考えた方がいいと思います」

「なるほど……」

偵徳は肯いて床の間にあった香炉を手に取った。

「ならばその超極楽金丹というやつを試してみるか……」

当たり前のように言って、香炉を卓にのせて丸薬を中に入れた。

「て、偵徳先生！　そのまま吸うつもりですか？　手ぬぐいで鼻を押さえた方がいいですよ。異常な狂喜を起こして、しばらくしたらそれと同じだけの絶望を感じるんですよ？　へたをしたら偵徳先生まで中毒になってしまいます！」

「董胡と楊庵には刺激が強すぎるから手ぬぐいで鼻を押さえてろ。俺は極楽金丹も経験しているし、酒に溺れたこともある。慣れている」

「慣れるとかそういう問題じゃないでしょっ！」

「医師として、薬師として、どれほど効くのか自分の体で試してみるのが一番だろ？」

偵徳は董胡が止めるのも聞かず、燭台《しょくだい》の火を取ってきて香炉に入れた。

「よ、楊庵！　この手ぬぐいで鼻を覆って！　吸っちゃだめだよ！」

董胡は寝所から適当な布切れを取ってきて、楊庵に渡し自分も鼻を押さえつけた。

強く手ぬぐいで覆っても、うっすらと阿芙蓉の香りが漂ってくる。

（やっぱり阿芙蓉に間違いない。前に嗅《か》いだ匂いだ）

偵徳は香炉の間近に座って深く吸い込んでいる。

（大丈夫だろうか？　さすがに死んだりはしないだろうけど、気分が高揚して手がつけられなくなるかも……）

偵徳が狂喜乱舞を始めたら、楊庵と二人で押さえつけるしかない。

しばらくすると、偵徳が陶酔するように目を瞑《つぶ》って呟《つぶや》いた。

「こいつはすげえ……」

偵徳は香りを味わうように何度も深呼吸を繰り返し、どっと後ろに倒れた。

「て、偵徳先生っ！」

董胡が覗《のぞ》き込むと、偵徳はぱちりと目を開いた。

その目の輝きがいつもと違う。

どちらかというと、いつも面倒そうに気だるい目をしている偵徳が、子供のように爛々《らんらん》と目を輝かせている。活気があるといえば聞こえはいいが、不気味なほどの活気と言った方が正しい表現のように思った。

「大丈夫だ。踊り出したいような気分だが、理性は保てている」

寝転びながら気持ちを抑えるように告げる偵徳に、董胡はほっとした。

「だが終始痛み続ける頬と胸の古傷の痛みがとれていく。それだけでこれほど安らかな気分になるのかと思うと泣けてくるな……」

偵徳は感極まったように涙をこらえている。

「偵徳先生……」

いつもは冗談ばかり言って古傷の痛みのことなど一切言わない偵徳だったが、常に痛みと闘っていたのだと思うと董胡も心が痛んだ。

「こいつはとんでもない冥界《めいかい》行きの媚薬《びやく》だな。この快感を一度味わったら、生半可な理性しかないやつはやめられないだろう。こんな物が大量に出回ったら大変なことになる。これは早く止めないとまずいぞ、董胡」

「はい。帝《みかど》の先読みがなければ、半年後には朱雀の街が阿芙蓉中毒で溢《あふ》れかえるところでした。若君は阿芙蓉中毒の者を増やして大金を稼ぐためにこんなことを？」

「それもあるが、もしかしてそれだけじゃないのかもしれない」

「それだけじゃない？」

董胡は首を傾げた。

「董胡、こいつは思ったよりも深い闇があるかもしれない」

「というと……？」

「例えば……朱雀という領地を弱らせたかったのかもしれない」

「な！」

つまり朱雀の民の力を弱めて得をする者の仕業。

朱雀は四領地の中で最も帝の排除に積極的でない場所だ。

先だっての大風の先読みで救われた民や神官の信奉者が最も多い土地でもある。

しかも一の后《きさき》である朱璃も帝を悪く思っていない。

后の扱いは御免だと言っていたが、人としての帝に好感を持っているのは分かった。

（朱雀を……ひいては帝を目障りに思う者の仕業……）

そんなのは一人しか思い浮かばない。

（玄武公……）

あの若君は玄武公の手の者ということなのか。

だが玄武公はいつも自分の手を汚さない。

（白虎か……。狐目に感じた通り、白虎公から差し向けられた貴族商人か……）

白虎には帝よりも多い財を成す、商売上手の貴族がいる。

おそらく朱雀の妓女を阿芙蓉漬けにして言いなりにし、客に高値で売らせていたのだろう。中毒になった男たちは、屋敷を売ってでも大金を作って阿芙蓉を買いにくる。こうして大金を手に入れた上に、目障りな朱雀を蝕《むしば》んでいくことができる。一石二鳥の企《たくら》みだ。

（いかにも玄武公と白虎公が考えそうなことだ）

白虎公は先日の先読みで痛い目を見て少し反省したのかと思ったが、まだまだ甘かった。

董胡はぐっと唇を噛《か》みしめた。

そんな怒りに震える董胡をなだめるように、背後から大きな腕が包み込んだ。

「え?」

驚いて振り返ると、楊庵が妙に真面目な顔で董胡を見下ろしている。

「楊庵?」

「可愛い……」

普段の楊庵らしからぬ言葉を呟いて、熱のこもった目で董胡を見つめている。

「一度でいいから女装した董胡を見てみたかった。思った通り、最高に可愛い……」

「よ、楊庵……なに言ってるの?」

兄弟のように育った楊庵が董胡に言うはずもない言葉だ。

「俺がずっとどんな気持ちでお前を見ていたか……。なぜ気付かないんだよ、董胡」

「ちょっ……楊庵」

楊庵の筋肉質の腕が董胡を更に強く抱き締めた。

「楊庵っ! 手ぬぐいは? 阿芙蓉を吸ったの? ちょっ……離してっ!!」

どうやら半信半疑の楊庵は、手ぬぐいできちんと鼻を覆っていなかったらしい。

楊庵の腕を必死で振りほどこうとするが、董胡の力ではびくともしない。

「俺はお前さえいればいいいんだ。他に何もいらない。だからお願いだ董胡。俺と一緒に……」

楊庵の切ないような声が耳元に響く。

いつもふざけてばかりいる楊庵だけに、思いがけない言葉にどきりとした。

「楊庵……」

まさか……という思いが董胡の心に初めて芽生えた。

兄弟のように育った楊庵だけに、今まで考えたこともなかったが……。

いや、楊庵だけでなく、男として生きていくと決めた時から、そういう関係性のすべてを遮断してきた。だが帝の后という立場になり、その壁が少しずつ綻《ほころ》んできている。

「楊庵……私は……」

どう答えていいのか言いよどむ董胡だったが、その背が突然ぐっと重くなった。

「楊庵？」

返事はなかった。振り返ると阿芙蓉が効き過ぎて眠ってしまっていた。

董胡は楊庵を畳に寝かせ呼吸と脈を確認して、ようやくほっと息を吐いた。

「阿芙蓉のせいでおかしくなっていたんだよね。びっくりさせないでよね、もう」

偵徳も古傷の痛みから解放されて、いつの間にか安らかな顔で眠っている。

董胡は香炉の火を消し、窓を全開にして空気を入れ替えた。

「まったく二人とも……。時間《はか》がないって言っているのに……」

明後日《あさって》には董胡は若君と破瓜儀礼を行う。

いろんな出来事がつながってきた。

おそらく若君にとって夕霧が上楼君になってしまったのは誤算だったのだ。

阿芙蓉の売人として客を増やし過ぎた夕霧は上楼君になってしまった。その結果、男達が夕霧から阿芙蓉を買うために作った金は、上楼君の指名料として妓楼に流れていってしまう。大量の阿芙蓉の代金を払うほどの金は残らない。思ったほど売れなくなってしまった。

だから夕霧を上楼君から引きずり下ろしたかった。

そこでちょうど破瓜間近らしい年頃の董胡が目についたのだろう。

董胡を上楼君にすることで、夕霧には元の妓女として阿芙蓉を売ってもらいたいのだ。

(夕霧さんをなんだと思っているんだ。こんなこと許せない。絶対に悪事を暴いてやる)

破瓜儀礼の日までにそれを阻止するだけの証拠を見つけなければならなかった。


阿芙蓉を吸う量が少なかったおかげか、二人は一刻ほどで目を覚ました。

その間に董胡は医生の姿に戻り、雅舫楼の中を行き交う人々をこっそり観察した。

朱雀の街に入ってからずっと気になっていた事を確かめたかったのだ。

そして、どうやら董胡の推測は当たっているようだと確信した。

「はあ……。こいつはひどいな。やりきれない……」

目を覚ました偵徳は卓に顔を伏せたままへばっている。

「そんなに気落ちがひどいのですか？」

阿芙蓉の恍惚《こうこつ》の後にくる離脱症状に苦しんでいた。

「古傷の痛みが取れて何ともいえない快感を味わった後では、慣れていたはずの痛みが、まざまざと自覚されて前より辛《つら》いな。それにこの倦怠《けんたい》感と頭痛。最悪だ」

あの僅《わず》かな時間だけでこれほどの状態になるなら、何回も吸った人はもっと苦しいはずだ。夕霧や六造がおかしくなるのも分かる気がする。

「楊庵は偵徳先生ほど吸ってないから、そんなにひどくないでしょ？」

董胡は、目覚めてからずっと部屋の隅にしゃがみ込んで背を向けている楊庵に尋ねた。

近付いて背中をさすろうとする董胡を避けるように、楊庵は横にずり動いた。

「俺のことはいいから放っておいてくれ……」

「そうはいかないよ。ちょっと診せてみて」

覗《のぞ》き込もうとすると、乙女のように両手で顔を覆ってしまった。

「診なくていい。俺みたいな理性のないろくでなしに近付くな、董胡」

阿芙蓉は、理性のたがが外れて普段より大胆なことをしてしまうところは酒と同じだが、楊庵は気の毒なことに自分が何をしたのかはっきりと記憶が残っている質《たち》らしい。

自分の行動を覚えている者ほど、後の自己嫌悪で気落ちがひどいようだ。

「なんだ？　楊庵は阿芙蓉を吸って、董胡に何かしたのか？」

偵徳は寝入ってしまって見ていなかったらしい。

「言わないで下さい、偵徳先生！　ああ……俺みたいなやつはもう滅んだ方がいい。董胡、違うんだ。さっき言ったことは気にしないでくれ。魔が差したというか気の迷いというか」

「うん。分かってるよ。本気にするわけないでしょ？」

「え……」

董胡は楊庵を気遣って言ったつもりだったが、なぜか見捨てられた子犬のような顔になっている。

「と、とにかく時間がないんだから、立ち上がれるなら行くよ！　早く立って」

「行くってどこに？」

「楊庵は妓楼の外を調べる役割だったでしょ？　私も一緒に行くから」

「董胡も一緒に？」

「気になる事があるんだ。偵徳先生、二人で行きますから後は頼みます」

偵徳は気だるそうに卓に突っ伏したまま右手をひらひらと振った。

雅舫楼を出て、朱雀の街を楊庵と二人で歩いて回った。

一見、平和ないつも通りの賑《にぎ》わいがある。

旅行者が多く、大通りは土産物屋や、人気の上楼君や紅拍子の美人画の店が多い。

古びた小さな診療所なども一応あったが、玄武の田舎の村にある斗宿の診療所の方がずっと規模が大きく優秀な医師が揃っているだろう。

（朱璃姫がやぶ医者しかいないと言っていたのも大げさな話でもないのかもな）

玄武はもう少し優秀な医師を他の領地にも派遣するべきなのだろうが、医術の知識が流出するのを防ぎたいのだろう。仕方のないことなのかもしれないが、玄武の医術があれば助かる命も、他領地では多く亡くなっているに違いないと思うと心が痛んだ。

その古びた診療所から一人の男がふらふらと出てくるのが見えた。

「楊庵、あの人……」

董胡は楊庵の袖《そで》を引いて、小声で囁《ささや》いた。

「たぶん阿芙蓉を吸っているよ」

「えっ？ 分かるのか？ なんで？」

「色が……違うんだ……」

「色？」

最初朱雀の街に入った時に感じた小さな違和感。

まったく同じ色を出す人を何人か見かけた。

「ほら、あの人も……」

今度は香り玉を売っている店から、何か怒鳴りながら出てくる男に視線をやった。

「まったく！ なんて品揃えの悪い店だ！ 金ならいくらでも払ってやるってのに！」

男はぶつぶつと文句を言いながら立ち去っていく。

みんなそれなりの身なりをしていて、妓楼《ぎろう》で遊ぶ程度の豊かな財を持つ者のようだ。

よくある街の風景でもあったが、董胡の目には少し違って見える。

「みんな五色の光が均等に強く放たれている。でも珍しいわけじゃない。美食家と言われる味覚の肥えた人には時々いるんだ。あらゆる味に造詣《ぞうけい》が深く、五味すべてを味わい尽くしてきた裕福な年寄りに多い。でも朱雀では若い人も多く見かけた。何か五味の均衡が取れた御馳走《ごちそう》が朱雀にはあるのかと思っていたけれど、どうやらそれが阿芙蓉だったみたいだ」

夕霧と六造に同じ色を見た。

そして阿芙蓉を吸った偵徳と楊庵も同じ色に変わった。

「きっと普段理性で抑えているあらゆる欲望が解放されて、痛みや不安のすべてが消えることによって万能感のようなものが生まれるんだと思う。阿芙蓉が効いている間は五色が強く強く放たれる。ところが阿芙蓉が抜けると今度は倦怠感や無力感と共に、食欲もなくなり色もなくなる。楊庵も今は食欲がないでしょ？」

まだ離脱症状の残っている楊庵は、拒食《きょじき》のように色が抜け落ちている。

「ああ……頭もずきずきするし、何も食べたくない」

ただ、拒食と違って色の残像のようなものが残っている。

いずれ離脱症状がなくなれば、元の色を取り戻すに違いない。

「じゃあ、董胡は阿芙蓉中毒になっている人が見分けられるのか？」

「うん。分かると思う」

楊庵と偵徳が寝込んでいる間に、雅舫楼の人々を観察して確信した。

「そして思ったよりも阿芙蓉中毒の人は多いよ。たぶん夕霧さんだけじゃない。他にも阿芙蓉の売人になっている妓女がいるはずだ。雅舫楼だけじゃない。他の妓楼にも若君と同じように阿芙蓉を妓女に渡している客がいるはずだ」

「ええっ！　大変じゃないか！」

「うん。でもまだ日が浅い。深い中毒になっている人はそれほど多くないはずだ」

帝《みかど》の先読みがあったから早い段階で気付けた。今なら簡単に終息できるはずだ。

（レイシ様。私が必ず食い止めてみせます）

董胡はこの災厄を止めることが出来るのは自分しかいないと、強い使命を感じていた。

その時、董胡の目に願ってもない幸運が映った。

「楊庵、若君だ」

大通りを向こうから歩いてくるのは、狐目の若君だった。

急いで楊庵と共に近くの土産物屋に入って姿を隠し、若君が通り過ぎるのを見守った。

「つけてみよう、楊庵」

「つけるって……。危険じゃないか？　相手は帯刀している貴族様だぞ？　もし見つかって切りかかられても木刀で貴族様に打ち返すわけにはいかないんだぞ」

楊庵は木刀を背に負っているが、平民が貴族に向けることは許されていない。

「俺たちの任務は病の原因を探ることだ。もう充分核心に迫ったんじゃないか？　後は腕の立つ密偵に任せればいい。お前は自分が女だってことをすぐ忘れる」

心配性の楊庵は、腕っぷしが強い割に董胡のことに関しては誰よりも慎重な男だった。

「若君には他にも仲間がいるはずだよ。どうしても知りたいんだ」

レイシのためにも、ここで黒幕の正体を見極めたい。

董胡の目だから分かることが多くあるに違いない。

何としてもレイシの役に立ちたかった。

「董胡、よせって！」

腕を摑《つか》む楊庵を振り払って、董胡は若君を追いかけた。

「もう、このじゃじゃ馬！　王宮の医官になって少しは落ち着いたのかと思ったのに」

楊庵はため息をついて、仕方なく董胡の後をついていった。


若君は大通りを端まで歩いて、そのまま朱雀の村に向かう小道に抜けた。

董胡と楊庵は距離を取りながら草むらに体を隠して尾行する。

「きっと村のどこかに隠れ家のようなものがあるんだ。そこで極楽金丹を受け取って誰かと連絡を取り合っているはずだ」

その相手が玄武公や白虎公の手の者だとわかれば大金星だ。

やがて小道は緩やかな起伏のある山道に入っていく。

「董胡、ここまでにしよう。相手が一人ならいいが、大人数だったら俺たちなんかあっという間に殺されて葬り去られてしまうぞ」

「もう少し。隠れ家の在りかを見るだけでいいから」

楊庵が止めるのも聞かず、董胡は山道の木々に身を隠しながら尾行する。

そろそろ隠れ家に辿《たど》り着くのではと思った董胡だったが……。

突然目の前に男が降ってきた。

「わっ！」

ぎょっとして腰を抜かしそうになった董胡を楊庵が背に庇《かば》って、木刀を構えた。

続いてざっ、ざっ、と地面を踏みしめる音がして、次々に男が降ってきた。

どうやら木の枝から降ってきているらしい。驚くほど身のこなしが軽い。

木に登って見張っていたのか、気付けば董胡と楊庵を十人ほどの男が取り囲んでいた。

みんな一様に短髪で黒い鉢巻きのようなものを巻いている。

衣装も黒で、袖とふくらはぎを紐《ひも》で編み上げていて動きやすさに特化しているようだ。

「あなた達は……」

これは完全に手だれの集団だ。

しまったと思ったが遅かった。

大きな組織であるなら、こういう連中が密《ひそ》かに護衛についているのが当然だった。

最初に降ってきた男がにやりと微笑む。

隠密《おんみつ》にしてはやけに目鼻立ちの華やかな男だ。眉《まゆ》の形が整っている。鉢巻きには鳥の羽根飾りをつけ、長い房を垂らしている。一人だけ別格の雰囲気がある。

崖《がけ》っぷちに立たされると逆に冷静になる董胡は、相手の細部までじっくり見えていた。

（この男も……阿芙蓉に冒されている……）

五色が均等に放たれる男を見つめ、楊庵の言うことを聞いておけば良かったと、今更ながら激しく後悔していた。

九、上楼君、紫竜胆

しゃんしゃんと鉦《かね》の音が響いていた。

雅舫楼の吹き抜けはすり鉢状になっていて、小舟の浮いた生《い》け簀《す》と、船着き場を模した檜《ひのき》舞台を各階の回廊から見渡せるようになっていた。

一階の檜舞台には鉦を打つ美しい舞妓《まいこ》がずらりと並んでいる。

今から『紅薔薇貴人』の舞団による紅拍子の舞が始まるところだった。
二、三階の回廊は、朱色の欄干から身を乗り出して見物しているなじみ客でごった返していた。その喧騒《けんそう》とは裏腹に、四階の上楼君の階《きざはし》の回廊には肘《ひじ》掛《か》けのついた長椅子が用意され、扇を持った上楼君と共に上客が見物出来るようになっている。
二組の上客が酒の振舞いを受けながら優雅に眺めていた。

そして夕霧の部屋の前の長椅子には若君一人が座り、綺羅を始めとした赤い着物の妓女見習い数人が甲斐甲斐《かいがい》しく世話をしていた。

今日、破瓜《はか》儀礼を行う紫竜胆《むらさきりんどう》が初日にして上楼君になるという快挙を祝い、本来なら貴族の前でしか舞うことのない人気舞団を特別に呼んだのだ。

噂を聞きつけたなじみの客達も、紅薔薇貴人を見ようと大勢集まっていた。

そしていきなり上楼君になったという紫竜胆とは、どれほどの美女なのか一目見たいという男達の思惑もあったが、その姿はない。

今日、紫竜胆の姿を拝めるのは大金を払って上楼君にした若君だけだ。

紫竜胆はすでに上楼君の部屋で初床入りの支度をして待っているはずだった。

男達はちらちらと四階の長椅子に座る若君を羨《うらや》ましそうに見上げている。

「はああ、見習い妓女《ぎじょ》にそれほどの美人がいたとはなあ。気付かなかった」

「なんでも田舎から連れてきたばかりの娘で、いきなり見初めたって話だ」

「いきなり上楼君にしちまうってんだから、よほど惚《ほ》れ込んだんだろうな」

「気の毒に、少し前に上楼君になったばかりの夕霧は、もう降ろされたらしい」

「それがどうも今まで夕霧贔屓《びいき》だった貴族様が、乗り換えたって話だ」

「はああ、そいつは辛《つら》いな。妓女の世界も世知辛いもんだなあ」

「だが今なら夕霧も手頃な金子で指名できるってことだ」

「それはいいな。なんでも一度閨《ねや》を共にすると、離れられなくなる上玉だそうだ」

「よし、俺は次来た時は夕霧を指名することにした」

「けっ。俺が先だ。今日このまま指名してもいい」

男達は下世話な話ですっかり盛り上がっている。

やがて太鼓の音と共に、回廊に下がっていた吊《つ》り燈籠《どうろう》の灯が次々に消されていき、檜舞台の周囲に巡らされた灯だけになった。

幻想的な雰囲気に包まれる中、生け簀に浮かんでいた小舟からむくりと人影が立ち上がった。いつの間に人が乗っていたのかと、驚きと共に視線が集まる。

小舟の人影はその視線を惹《ひ》きつけたまま、くるりと舞って檜舞台に飛び移った。

その美しい跳躍と赤い水干が舞う様に思わず「ほうっ」とあちこちからため息が漏れる。

人々の歓声が静まるのを待って、紅拍子がゆっくり顔を上げる。

はっと観客がざわついた。真っ赤な能面をつけていた。

紅薔薇貴人の顔を拝めると思っていたが、残念ながら素顔は出さないらしい。

だが紅薔薇貴人の舞を見たというだけでも庶民には大きな自慢話になる。

そして舞妓が差し出す剣を受け取り、壮麗な剣舞が始まった。

「あれが今一番人気の紅薔薇貴人か。さすがに見事な舞だな。気に入った」

若君は肘掛けにもたれながら、杯に酒を注ぐ綺羅に話しかけた。

「恐れ入ります。今宵《こよい》の若君に感謝を込めて婆様が無理を言ってお呼び致しました」

「ふむ。悪くない。ところであの娘の準備は出来ているのか？」

「……はい。すでにお部屋にはいますが、いましばらく紅拍子の舞をお楽しみ下さいませ」

綺羅は強張《こわば》る表情を隠して答えた。

「それにしても……紫竜胆とは……つまらぬ名をつけたものよ」

妓女にはそれぞれ呼び名があるが、上楼君になった者には特別な名が与えられる。

「姉さまの村に咲いていた花だそうでございます」

「どちらかというと田んぼの脇に生える雑草の類《たぐい》だな。もっと高貴な名があっただろうに」

貴族が好む花ではなかった。

「朱雀では今が満開の時期だそうです」

「ふん。雑草の開花時期などどうでもよいわ」

若君にとって田舎から買われてきたばかりの小娘など、本当はどうでも良かった。

確かに少しばかり見目のいい女ではあったが、しょせんは貧しい平民の娘だ。

貴族社会で本物のやんごとなき姫君を見る機会もある若君にとっては、どれほど豪華な衣装に身を包み貴族らしく振舞ったとしても、偽物の薄っぺらさが見えてしまう。

大事なのは紫竜胆を上楼君にすることではない。

夕霧を上楼君から引きずり下ろすことだ。

そのために、たまたま目についた娘を選んだまでだ。

「だがまあ……せっかくだから何も知らぬ生娘をしつけてみるのも一興か」

若君はにやりと笑って酒をくいっと飲み干した。

やがて紅拍子の舞が終わったのか、大歓声と共に拍手が巻き起こった。

檜舞台では、紅拍子の一団が観客に向かい一礼して立ち去っていくところだった。

「なかなか見事な舞であった。褒美を出そう。渡しておいてくれ」

若君は綺羅に告げると、懐から金貨を数枚取り出して、ぱらぱらと床にばら撒《ま》いた。

「……。ありがとうございます、若君」

綺羅は一拍置いてから礼を言い、床に散らばる金貨を拾い集めた。

手渡さずに床にばら撒くあたりに、若君の人柄が表れている。

妓女も舞妓も、若君にとっては金でどうにでも動く人形のようなものなのだ。

「さて、ではそろそろ紫竜胆の待つ部屋に行くとするか」

若君は立ち上がり、階下で蟻のようにうごめく人の波を見下ろした。

舞を見終えた男達がぞろぞろと出口に向かっている。

妓楼というところは長居をすればするだけ金がかかる。

金のない男達は、紅拍子の舞を見ただけでそそくさと帰っていく。

だがいずれ彼らのほとんどが、ない金をかき集め自分に献上する働き蟻となる。

若君は、憐《あわ》れな愚民たちを見下ろし、ほくそ笑んだ。

「ああ、お待ちくださいませ。入る時に竜胆の花をもらった人はこちらへどうぞ」

なぜか帰ろうとする男を鴇婆が呼び止めているのが見えた。

「おいおい。引き留めてもこれ以上払う金は持ってきてねえぞ」

「この後のお代はいりません。今宵は紫竜胆の幸運をお裾分《すそわ》けしようと、入る時に無作為に竜胆の花をお渡ししております。花を渡された方はあちらの部屋にて紫竜胆からの手土産がございます。どうぞこちらへ」

よく見ると、十人に一人ぐらい、懐に竜胆の花を挿した男がいた。

「なんだよ、お婆《ばば》。俺にも竜胆の花をくれよ。俺の方が常連だろうに」

「へっへ。残念だったな。お前は運がなかったってことさ」

「ちぇっ。なんだよ。つまらねえ」

竜胆の花をもらえなかった男達はぶつぶつ言いながら帰っていく。

若君はその様子を見ながら肩をすくめた。

「ふん。くだらぬ余興を考え付くものよ」

馬鹿にしたように言い捨てて、上楼君の部屋へと向かった。

「どうぞお入りくださいませ」

綺羅が上楼君の部屋の襖《ふすま》を開くと、若君は思わず「ほうっ」と嘆息した。

部屋の床一面に竜胆《りんどう》の紫の花が敷き詰められていた。

その花々の向こうに紫竜胆が扇を開いて顔を隠したまま座っている。

真っ赤な衣装に紫の花が鏤《ちりば》められ、高く結い上げた髪には玉飾りの垂れた歩揺《ほよう》が幾重にも挿されていて、両脇に置かれた飾り燈籠の灯が幽玄に揺らめいている。

「これは……なかなか素晴らしい趣向だ。思ったより悪くない」

さすがに高級妓楼だけあって、肥えた貴族の目も満足させる演出だった。

「こうして見ると、雑草のような花も使い途《みち》があるものだな」

「…………」

紫竜胆は扇に顔を隠したまま何も答えない。

「ふむ。しゃべらぬように言われているか。それがいいだろう。せっかくここまで雰囲気を創り上げても田舎者が品のない声を出しては興ざめもいいところだ。今宵は人形のように黙っているがいい」

だが黙れと言われた紫竜胆は、逆らうように口を開いた。

「それは出来ませぬ、若君」

「は？」

突如、田舎娘に反論されて、若君は不機嫌な声を上げた。

「私に口答えしたのか？　夕霧から聞いていないか？　私は口答えされるのが一番嫌いなのだ。少し優しくすれば調子に乗りおって。不愉快極まりない女だ！」

急に激高する若君の剣幕に驚いて、後ろに控えていた綺羅が青ざめる。

しかし紫竜胆は、むしろ落ち着きを取り戻したようにゆっくりと扇を下げた。

「では……今宵は、この紫竜胆がさらに不愉快を極めて差し上げましょう」

見事に化粧映えのする強い目が、真っ直ぐ若君を見据えていた。

うっすら微笑む美しい口元は、貴族の姫君と比べても遜色《そんしょく》のない品を備えている。

若君は驚いたように目を見開いた。

「そなた……」

「本日は若君にお聞きしたいことがあり、お待ち申し上げておりました」

紫竜胆が告げると、隣の寝所の襖が開き、黒い鉢巻きの男達が風のように現れ、あっという間に若君を取り囲んだ。

紫竜胆の右隣に立つのは、やけに眉《まゆ》の整った華やかな顔立ちの男だった。

そして左隣には長い木刀を手に持った男が立っていた。

若君は取り囲んだ男達を見回し、開き直ったようにふっと微笑んだ。

「お前は……何者だ。ただの田舎娘ではないな」

この落ち着き、貴族装束に慣れた所作、言葉遣い。

ただの田舎娘が一日、二日で身につけられるものではない。

かといって蝶《ちょう》よ花よと育てられた、従順な深窓の姫君でもない。

見たことのない種類の女だった。

若君は隙のない視線で男達と間合いを取りながら、紫竜胆を真っ直ぐ睨《にら》みつけた。

◆

時は遡《さかのぼ》り、若君を尾行して黒服の男たちに囲まれた董胡と楊庵がいた。

「わ、私たちをどうするつもりですか？」

警戒して身構える董胡と楊庵に、華やかな顔立ちの男がにやりと微笑んだ。

「あんた達は帝《みかど》が寄越した密偵だろう？」

「な！」

すでにそこまでばれていたのかと青ざめた董胡だったが、そうではなかった。

「俺達も朱璃に頼まれて妓楼《ぎろう》を探っていた」

「え？　じゃあ……」

「味方だよ。俺達は朱雀で一番の軽業師《かるわざし》、『傀儡法師《くぐつほうし》』の一団だ」

軽業師とは綱渡りや竿《じょお》のぼりなどの曲芸で客を楽しませる人達のことだ。

道理で身のこなしが軽いと思った。

「それにしても帝も迂闊《うかつ》な密偵を寄越したもんだ。これ以上進めばまずいことになると思ったから止めに入ったんだ。あの若君を甘く見たらひどい目に遭うぞ」

「若君の正体を知っているのですか？」

しかし男は肩をすくめて首を振った。

「さてね。どこかの貴族には違いないだろうな。この山の奥にある小屋に仲間と思われる怪しい男達が大勢いる。あれは戦い慣れた玄人の隠密《おんみつ》だ。あんたらみたいなどんくさい若僧が近付いたら一瞬であの世行きだな」

董胡はぞっとした。

「まあ、あんたらは密偵と言っても、朱璃の話じゃ医師なんだろ？　度胸がいいのは認めるが、ここから先は俺達に任せることだな。無謀が過ぎるぞ」

「あの……さっきから気になっていたのだけど、朱璃って気安く呼んでいるけど……」

昔は芸団仲間の紅拍子だったかもしれないが、今は朱雀公の娘、皇帝の一の后《きさき》だ。気安く呼び捨てていい相手では決してない。

「ああ。自己紹介を忘れてたな。俺は旺朱《おうしゅ》。朱璃の弟だ」

「え！　ええっ⁉」

董胡は驚きの声を上げた。

なんだって朱雀公の息子が軽業師なんてやっているのか。

だが一の后である朱璃が紅拍子の舞団にいたことを思えば不思議な話でもないのかもしれない。朱璃の話では母親も元紅拍子の平民だし、父である朱雀公も妓楼の楼主として人生を終えるつもりでいたのだから。

「な、なあ、董胡。さっきから朱璃だの旺朱だの言ってるけど、誰なんだ？」

楊庵は訳が分からないと、董胡にこっそり耳打ちする。

やんごとなき姫君の名を教えていいものか迷ったが、どうやら朱璃の名は綺羅や鴇婆も知っていたことから考えると、平民のように気軽に名乗っていたようだ。

だから帝の密偵でもある楊庵には教えてもいいだろうと考えた。

「朱璃っていうのは朱雀公の姫君で帝の一の后のことだよ。その弟だから、旺朱は朱雀公のご子息ということになる」

「えええっ!!」

それほど身分の高い人に会ったことのない楊庵は絶句したまま固まってしまった。

「し、失礼致しました、旺朱様」

董胡が片膝《かたひざ》を立てて拝座の姿勢になると、楊庵も慌てて同じように拝座になった。

「ああ、そういうのいい、いい。旺朱って呼び捨ててくれていいし。立ってくれ」

旺朱はそう言うと、董胡の腕を摑《つか》んで無理やり立たせた。

「俺は堅苦しい朱雀公になるつもりもないし、周りも望んでない。元々半分平民の血が流れているし、軽業師の気楽な生活が気に入っている。今は親父様の代わりに妓楼の楼主代理もやっているが、親父様が戻ってきたら『傀儡法師』として生きるつもりだ」

この姉弟《きょうだい》は平民の気楽さの方が身に合う性分らしい。

「ところで朱璃や綺羅の話から察するに、あんたは玄武のお后様の医官だな。育ちの良さそうな顔をしている。妓女見習いの女装姿も様になっていたと聞いている」

旺朱は綺羅のことも知っているようだ。

「しかも若君に見初められて上楼君になるらしいな。どうするつもりだ?」

旺朱は少し楽しんでいるように董胡に尋ねた。

朱璃の弟に后の医官としての顔を見られたのはまずいと思ったが、今はそんなことを気にしている場合ではなかった。

「そのことで協力して欲しいことがあります」

旺朱が妓楼の楼主代理であるなら、解決に向かう一筋の道が見えた気がした。

こうして大きな協力を得て、董胡が上楼君になるまでの二日で、密《ひそ》かに多くの事が動いていた。


そして今、董胡と若君は真正面から対峙《たいじ》していた。

明らかに董胡側が有利なはずだったが、若君は慌てる様子もなく不敵な笑みを浮かべている。虚勢かと思ったが、油断ならない雰囲気がある。

「若君にお尋ね致します。極楽金丹を夕霧さんに渡したのは若君でございますね？」

董胡は若君を真っ直ぐ睨みつけたまま告げた。

「さて……極楽金丹とは？　何の話だろうか？」

しらを切る若君に、畳みかけるように董胡は続けた。

「残念ながら夕霧さんがすべて白状致しました。現在は阿芙蓉の中毒を治すため、腕のいい医師が診ております」

妓楼の中に治療部屋を作って、偵徳が診ている。

「…………」

若君は眉間《みけん》にしわを寄せ、煩わしいものを見るように董胡を睨みつけた。

「さらに夕霧さんから金丹を買って阿芙蓉の中毒になりかけていた男達も、ひとところに集め、治療を始めております。今日竜胆の花を渡されたお客様を入れて、雅舫楼のお客様はほぼ全員把握したと言ってもいいでしょう」

旺朱に会った後、大通りを歩く阿芙蓉中毒らしき男達を董胡が指さして診療所に集めた。

『傀儡法師』の芸団の面々は身軽で腕っぷしが強く、あっという間に目につく限りの中毒者を連れてきてくれた。

古ぼけた診療所には年老いた医師が一人いるだけで生薬も大して揃っていなかったが、幸いなことに仕入れたばかりの十薬《じゅうやく》が大量にあった。

十薬とはドクダミの葉を干したもので、その名の通り十もの薬効があると言われ、毒消しをはじめ、食あたりや下痢、便秘の他、外用薬として湿疹《しっしん》やかぶれにも効く。

十薬を煎《せん》じて飲ませ、極楽金丹に溺《おぼ》れる恐ろしさを丁寧に説明した。

みな、思い当たるふしがあったのか素直に聞き入れ、二度と極楽金丹に手を出さないことと、離脱症状が辛《つら》い時は診療所に来るように伝えた。

診療所の年老いた医師には、治療方法を伝え任せることにした。

大通りで見つけられなかった中毒者も、今日の紅拍子の舞を見に集まったところで、董胡がこっそり中毒者を判別して、妓女たちに竜胆の花を渡してもらった。

彼らも今頃、偵徳が事情を説明して治療しているはずだ。

治療と言っても、阿芙蓉の離脱症状にはっきり効く生薬があるわけではない。

十薬で毒出ししながら時間が解決するのを待つ以外なかった。

一番重要な治癒方法は阿芙蓉を二度と吸わないように説得することだ。

だが一度その恍惚《こうこつ》を知った者は、なかなかその誘惑に打ち勝つことができない。

だから供給を断つのが一番てっとり早い解決策だ。

つまり若君をはじめとした阿芙蓉を供給する一派を根絶やしにするしかない。

「さて、私は夕霧が欲しいと縋《すが》り付くから、たまたま持っていた金丹を渡しただけだ。それを誰に売っていたのかなど知らぬな。夕霧が何を言ったか知らぬが、私には関係ない」

若君は素知らぬ風に言い捨てた。

すべて夕霧の罪にして逃げるつもりなのだろう。許せない。

「そのような嘘がいつまで通用するでしょうか」

董胡は怒りを込めて言い放った。

「なんだと？　お前は誰に物を言っているか分かっているのか？　貴族には無礼な平民や貧民を捕らえて罰してよい法があるのを知らぬようだな」

どうやら若君の余裕は、董胡達が平民以下の者だという前提にあるらしい。

「逆に確かな証拠もなく平民が貴族を捕らえることなど出来ぬ。まして私に怪我でも負わせたならば、それだけで死罪に値する」

ふん、と若君は勝ち誇ったように嗤《わら》った。

しかし董胡は怯《ひる》むことなく答えた。

「では赤軍《せきぐん》が動いたとあればどうでしょうか？」

赤軍とは朱雀の公軍のことで、朱雀公の命令で動く軍隊だ。

伍尭國には他にも領地ごとに青軍《せいぐん》、黒軍《こくぐん》、白軍《はくぐん》もあり、黄軍《こうぐん》は最も優秀な者が集められた皇帝の軍隊だった。

「赤軍だと？」

若君は怪しむように目を細めて董胡を睨《にら》んだ。

「とある山奥の小屋に朱雀公の命で赤軍が向かっております。今頃は、そこに集う怪しげな者達がすべて捕らえられているかと思いますが、若君のお知り合いではございませんか？」

「なに⁉」

さすがに思いもかけなかったのか、初めて若君の顔に動揺が浮かんだ。

「赤軍が動いているというのか。おまえはいったい……」

どれほど高位の貴族であろうとも、朱雀公の命であれば無罪放免とはならないだろう。

董胡はにこりと微笑んだ。

「ご自分の状況がお分かりになられましたか？　ご理解頂けたなら大人しくお縄にかかって頂きましょう」

言い放つ董胡に、若君は最後の強がりなのか再び不敵な笑いを浮かべた。

「そなた……。ただの田舎娘と侮っていたが、赤軍を動かせるとは……一体何者だ」

「わたくしの前にあなた様が先に名乗って下さいませ」

「この私に名乗れと言うのか？　ふ……いい度胸だ」

若君はすらりと脇に挿していた長刀を抜いた。素直に捕まるつもりはないらしい。

部屋の中に緊張感が走り、董胡の両脇の旺朱と楊庵が身構える。

旺朱は軽業で使い慣れた短刀を、楊庵は木刀を手に持っている。

若君の周りを囲む男達もそれぞれ短刀を持っている。

いくら長刀を持っていたとしても若君に勝ち目はない。

だが若君は見事な手さばきで旺朱の短刀に打ち込み、続いて打ちかかってきた楊庵の木刀を払いのけた。そのまま袍服《ほうふく》を翻し反転する。

周りの男達が斬りかかったのを長刀で次々に払いのけ、高く跳んだかと思うと再びくるりと一回転した。

すべてが一瞬のことで、董胡には若君の袍服がくるくると舞っているようにしか見えなかった。だが気付くと、周りにいた男達の数人が利き腕を押さえてうずくまっている。

「なっ!!」

何が起こったのか分からなかった。

長刀で切ったのではない。血しぶきが上がっているわけではなかった。

ただ、無傷に見える男達が短刀を床に落として、もだえ苦しんでいる。

「こいつ……」

旺朱が苦しむ仲間を見て唇を嚙《か》みしめた。

「みんな気をつけろ！　この男……変な術を使うぞ！」

周りの男達は少し怯んで一歩離れる。

油断していた。

人数で充分に勝っていることと、なにより、やさ男風のこの若君がこれほど戦闘能力に長《た》けているとは誰も思っていなかった。こちらは旺朱達だけで充分だろうと、赤軍はすべて山奥の小屋に向かわせていた。こんな怪しげな術が使える男とは思っていなかった。

長刀で切りかかってくれたなら反撃することもできるが、どういう攻撃か分からなければ防御の方法も見つからない。

（何をしたんだ？）

菫胡は、すぐそばに倒れている男の体を急いで調べた。

押さえた利き腕が痙攣《けいれん》している。強い痺《しび》れがあるらしい。

そうしている間にも、若君は出口に向かってもう一度くるりと舞った。

長刀の攻撃は受け止めたはずなのに、バタバタと二人の男が利き腕を押さえて倒れた。

「みんな離れろ！　無理に斬りかかるな！」

仲間を次々に傷つけられて、旺朱は思わず叫んだ。

男達は気味の悪い術に怯んで、じりじりと下がっていく。

その時菫胡の目に、ある物が映った。

「鍼《はり》だっ！」

倒れた男の腕に鍼が深く刺さっている。

(禁鍼穴《きんしんけつ》？　いや違う。こんな経穴《けいけつ》は知らない)

禁鍼穴とは、鍼師が決して刺してはいけないと習う禁忌の経穴のことだ。

人体には脳戸《のうこ》や鳩尾《みぞおち》など、鍼を刺してはいけない経穴が幾つかあった。

(見たことのない場所だ。神経を狙って刺しているのか……)

鍼師は痛みを感じる神経を刺さないようにするものだが、わざとその神経を狙っている。

だが神経を刺したからといって痙攣するほど腕が痺れるなんて聞いたことがない。

菫胡の習っていない特殊な経穴があるのかもしれない。

「みんな気を付けて！　鍼を持ってるんだ！　利き腕を狙ってる！」

菫胡が叫んで術の正体が分かると、男達は冷静さを取り戻した。

出口の近くにいた男達が利き腕への攻撃を警戒しながら、若君ににじり寄った。

若君はあっさり見破った菫胡に、再び目を見開いた。

「ほう。思った以上に頭のいい小娘のようだな。気に入った」

まだ余裕の笑みを浮かべて、再びくるりと舞う。

利き腕を警戒していた男達だったが、今度はバタバタと昏倒《こんとう》してしまった。

「神庭《しんてい》だ！　なんてことをするんだ！」

今度こそ禁鍼穴だ。神庭は頭のてっぺん、前髪の際にあって、下手な刺し方をすると死んでしまう場合もあるから絶対刺さないようにと習った。

この経穴を知っているということは、医術の知識があるはずだった。

「許さない……」

知識があって刺したなら、なおさら許せない。

倒れた男に駆け寄り睨みつける董胡を見て、若君は尚《なお》も不敵な微笑を浮かべていた。

「ならば……私を捕らえにくるがいい。また会おうぞ、紫竜胆」

「あっ！」

再びくるりと舞ったと思うと、すでに若君の姿はなかった。

バタバタと旺朱や楊庵が追いかけていったが、風のように逃げ去り、あっという間に見えなくなったという話だった。

その後、山奥の小屋に向かった赤軍からの報告がきた。

小屋に集った男達も怪しげな鍼の術を使い、ほとんどを取り逃がしてしまったらしい。

数人は捕らえたものの、逃れられないと思うと舌を噛み切って自害したようだ。

結局、大量の極楽金丹は見つかったものの、それ以外に身元を知るためのものは何も見つからず、何者だったのかは今のところ手がかりがないということだった。

十、正体ばれる？

「ううう。寒気がひどい。助けてくれ、先生」

「頭がガンガン殴られているように痛む。なんとかしてくれよ、先生」

妓楼《ぎろう》の一室に集められた阿芙蓉中毒の患者は、ひどい離脱症状が続いていた。家で焚《た》くつもりで夕霧から買っていた極楽金丹はすべて取り上げたので、徐々に阿芙蓉が切れて順番に症状が現れてきた。

「残念だけど特効薬はまだ分からないのです。下手に鎮痛薬を使って悪化しないとも限らない。この十薬茶を飲んで毒を出すしかないのです。もう少しだけ我慢して下さいね」

医師姿に戻った董胡は偵徳と楊庵と一緒に患者の治療にあたっていた。

楊庵は主に若君の鍼でやられた『傀儡法師』団の男達の治療をしていた。

幸いにも命まで落とす者はなく、手の痺れがある者と、神庭を刺されて昏倒した者は、痛みと記憶障害が少しあるぐらいで済んだ。

鍼は未知の部分も多く、手探りの治療しか出来ないが、楊庵は不思議に勘だけで適切な経穴を見つけるようなところがある。

「おお。腕の痺れが楽になった。指が動かせるぞ。すごいな、あんた」

座学が嫌いな楊庵は試験だとさっぱりなのに、鍼の的確さだけは誰より優れている。

「さすがに記憶障害は治せないが、鍼でおかしくなった気血の流れは鍼で治せる」

ちょっと得意そうに言いながら、鍼を刺している。

一方の阿芙蓉中毒は、鍼でも効果がほとんどなかった。

「あああ、苦しい。もう俺は死んでしまうんだ」

「どうせ死ぬなら紫竜胆を一目拝んで死にたかった」

「紫竜胆を連れてきてくれ。美女を見れば、この苦しみも忘れられる」

男達は苦し紛れに好き勝手なことを言っている。

その紫竜胆が、まさに目の前で治療にあたっている医師だとは気付いていない。

「こらこら医師様に何言ってやがる、ほら食事を持ってきてやった。大人しく食ってろ」

旺朱が妓女見習いに食事を持たせて部屋に入ってきた。

「うげえ。雅舫楼の食事は妓楼の中でも一番だって言われてるが、今は食えねえ」

「さっぱり食欲が湧かねえよ」

「食事よりも紫竜胆を連れてきてくれよ～」

「馬鹿言うな。紫竜胆は今宵《こよい》、雅舫楼の殿堂入り極上楼君となった。お前らなんかに勿《もっ》体《たい》なくて会わせられるか」

旺朱は言って、董胡ににやりと微笑んだ。

戸惑う董胡に一番豪華な膳《ぜん》を差し出す。

「いろいろご苦労だったな、董胡。上客専用の美食膳を用意させた。食ってくれ」

目の前には色合いも豪華で食材も王宮のものと遜色《そんしょく》のない豪華な料理が並んでいる。

「ありがとう、旺朱。実はお腹がすいてたんだ」

治療の手を止めて、食べてみると本当に美食膳だった。すべてが美味《おい》しい。

王宮のような薄味ではなくしっかり味付けがされて、初めて食べる料理もあった。

「これは何の料理？　豚汁の材料だけど、もっとまろやかで美味しい」

白い汁の料理が珍しかった。

「豆腐《とうふ》羹《こう》の豚汁だよ。豆腐を作る時に出来る汁を使っている」

「へえ。初めて食べたよ。朱雀の名物料理？」

「いや、これは俺が思いついて料理人に作らせてみた。うまいだろ？」

「旺朱が？　すごいね」

そして董胡は納得した。

初めて旺朱を見た時に、彼も阿芙蓉中毒だと思ったのだが、そうではなかった。

五色の光を強く放つ人は阿芙蓉中毒だと思い込んでしまっていたが、彼の場合は美食家ゆえの光だった。

若い人でこれほど綺麗《きれい》に五色を放つ人は珍しい。今まで見た美食家は長年飽食を続けてきた金持ちの老人ばかりだったが、幼い頃から妓楼の贅沢《ぜいたく》な料理を味わってきた旺朱は、舌が充分に肥えているのだろう。そして天賦の美食家の才能があるのかもしれない。

「雅舫楼がこれだけの被害で済んだのは、董胡の働きがあったからだ。感謝している。今後はいつでも宿代わりに使ってくれていい。最高級の部屋と料理と妓女を用意させる」

「いや、いいよ。これで充分だから」

部屋と料理はまだしも、妓女を用意されても困る。

「うまそうだな。俺も食ってもいいか？」

鍼《はり》治療を一通り終えた楊庵もやってきた。

「おお。お前にも世話になったな、楊庵。ありがとうよ。食ってくれ」

この二日ですっかり打ち解けていた。

「偵徳先生は？　さっきから見かけないけど」

「偵徳先生は夕霧さんにつきっきりだよ。他にも金丹を渡されていた妓女が数人いたらしくて『俺に妓女の治療を任せてくれ』って、別室で美女に囲まれてるよ」

この期に及んで、まだ女好きの平民医師を演じきっていた。

「おおっ！　うめえ！　この甘い料理はなんだ？　おわっ！　こっちもうめえ！」

「ちょっと楊庵、落ち着いて食べてよ。こぼしてるってば」

一件落着でなごやかに過ごす董胡は気付いていなかった。

部屋の戸口からこっそり自分を見つめる人物がいることに……。

「あれが……玄武のお后様の医官《ささき》だって？」

少しだけ開いた戸口から覗《のぞ》きながら目を見開く人物がいた。

「はい。董胡と呼ばれております。紫竜胆を演じたのもあの方でございます」

綺羅は紅装束の人物に答えた。

「楼君姿も……似合っていたでしょうね」

「ええ、それはもう。婆様などはこのまま妓女にならないかと何度も誘っておりました」

「私も……見たかったな……」

悔しげに言う人物に、綺羅はため息をついた。

「呑気《のんき》なことをおっしゃっている場合ではございません。急に紅薔薇貴人を寄越すから、それで人集めをすればいいと言い出したかと思うと、来たのは姫《ひい》様なのですもの。腰が抜けるかと思いました。帝《みかど》の一の后ともあろうお方が、なんということを……」

能面をつけて舞った紅拍子は、あろうことか朱璃だった。

「だって自分の領地のことですよ？　何が起こっているのか自分の目で確かめたいでしょう？　大丈夫ですよ。王宮では紅薔薇貴人が私の代わりに見事に后を演じているから」

紅薔薇貴人と入れ替わり、王宮を抜け出してきたのだ。

「もう！　姫様は王宮に行っても全然変わらないのですから」

呆《あき》れながらも久しぶりに変わらぬ朱璃に会えて、綺羅も少し嬉《うれ》しい。

「それで？　あの子は男だったの？　女だったの？　どっち？」

「は？」

綺羅は妙なことを尋ねる朱璃に怪訝《けげん》な表情をした。

「董胡のことですか？　医官なのだから男なのでございましょう？　確かに女装しても違和感はないというか、とても似合ってはおりましたけど」

「綺羅は紫竜胆の着替えを手伝ったのでしょう？　裸を見てないのですか？」

「下着は自分で出来るからと、単《ひとえ》まではご自分で着替えられたので見ていません」

「ますます怪しいですね。どういうことでしょうか」

綺羅は訳が分からず首を傾げた。

「董胡を呼んで参りましょうか？」

しかし朱璃は考え込んでから首を振った。

「いや……今はこのまま黙って去りましょう。ことを急いでせっかく見つけた愛《いと》しい小鳥が逃げてしまわないように。ねえ、董麗……」

朱璃は呟《つぶや》いて意味深に微笑んだ。

◆

その後、朱雀での任務を終え、董胡は王宮に戻っていた。

なんとか次の大朝会にも間に合い、留守番をしていた二人の侍女も安堵《あんど》していた。

留守の間、特に来客もなく、二人の侍女が困ることはほとんどなかったらしい。ただ、茶民は問題児の鼓濤がいないと退屈で死にそうだったと言い、壇々は食事がまずくて飢えて死にそうだったと愚痴っていた。

そうして五日が経った今、董胡は皇宮の一室に招かれている。朱雀に残って阿芙蓉中毒の治療を続けていた偵徳と楊庵も、ようやく王宮に戻っていた。

今回の働きの礼として、三人は帝と朱雀公から金子と褒美の品々を賜った。もしや帝が現れるのかと緊張したが、代理の神官から渡された。

そして偵徳と楊庵との、別れの時が来た。

「帝はさすがに俺達程度の下っ端の前には現れないか。ふんぞりかえった皇帝様の面《つら》を拝んでやろうと思っていたんだがな」

「もう、偵徳先生！　ここは皇宮ですよ。言葉遣いに気を付けて下さい」

偵徳は朱雀の件が落着した今も、帝への反感は変わらず持っているようだった。

「阿芙蓉が、その帝の先読みとやらかどうかなんて分かんねえだろ？　病というより薬害みたいなもんだし。たまたま言ってみたら偶然当たったんだろうさ」

「でも帝のおかげで惨事が防げたことは確かじゃないですか」

「ふん！　まあ、今回はそういうことにしといてやるか」

董胡が庇《かば》ってみても、根深く巣くった不信感というのは簡単に翻らないものらしい。

「あーあ。せっかく董胡に会えたのに、次はいつ会えるんだよ」

楊庵は不満そうに呟いた。

「同じ王宮にいるんだから、またすぐに会えるよ」

楊庵を安心させるために言ったのだが、本当にすぐに会えるような気がしていた。

「じゃあ困ったことがあったら宮内局の内医司の部署にいるから、いつでも訪ねてこいよ」

その言葉は、すぐに偵徳に否定される。

「馬鹿、内医司は簡単に外部の者と接触出来ないって言っただろ？　しかも俺達は嫌疑をかけられてずっと監禁されていたことになっている狼藉者《ろうぜき》だからな。知り合いだと思われたら、董胡に迷惑がかかるだろうが」

「言われてみればそうだった……」

楊庵はがっくりと肩を落とした。

帝の密偵だということは口外出来ないので、内医司では就任直後に捕らわれた二人への風当たりは強いことだろう。仕方ないこととはいえ、董胡は心配だった。

しかし楊庵は、そこは気にしていないようだった。

「せっかく会えたのになあ。俺、どうせなら董胡の使部《つかいべ》がいいなあ……。玄武のお后様は俺を雇ってくれないかなあ」

「そ、それは……」

后は董胡なのだから、もちろん出来なくはない。

だが、そうなると自分の正体がばれてしまう。

「何言ってんだ。お前みたいながさつなやつが后宮の使部なんか出来るかよ。お前はしっかり勉強して、まずは医師の免状を取れ！　内医司で働きながら免状を取る者もいるらしいぞ。ほら、諦《あきら》めてそろそろ戻るぞ」

楊庵は偵徳に小突かれて、しぶしぶ戸口に向かった。

「もし困ったことがあったら、薬庫の万寿《まんじゅ》に言伝《ことづて》てくれればいいよ。薬庫なら、使部がよく出入りしているから怪しまれないと思う」

「分かった。じゃあ、董胡も困ったことがあればいつでも連絡しろよ」

こうして楊庵は偵徳に引きずられるようにして戻っていった。

そして……董胡はまだ部屋に残っているように言われていた。

おそらく翠明がもう少し詳しく聞きたいのだろうと思い、座して待った。

だから、しばらくして現れた人物に、董胡は唖然《あぜん》とした。

「!!」

そこにはレイシの姿があった。

緋色《ひいろ》の袍《ほう》は着ているものの、髪は一部を団子にして布で覆い組み紐《ひも》が長く垂れている。

少しくだけた神官のような服装だった。

「レイシ様……」

五年前以来、これほど間近で会うのは初めてのことだった。

いや、帝と鼓濤としては会っているが、そんなことはレイシは知らないだろう。

「董胡。久しぶりだな」

レイシは柔らかな笑みを浮かべて、董胡の前に座った。

手の届く距離にレイシが……帝がいる。それだけで董胡の鼓動が跳ねた。

「朱雀では大活躍だったらしいな。帝も大層感心しておられたぞ」

あくまで神官のレイシとして接するつもりらしい。ならば董胡も合わせるしかない。

「ありがとうございます」

下げた董胡の頭に、そっと温かい感触がのせられた。

「!?」

俯《うつむ》いたまま固まる董胡の頭を優しく撫《な》ぜる大きな手を感じた。

「ふ……。もう頭を撫ぜてもらうような歳ではないか。あれから五年が経ったのだものな」

「レイシ様……」

逆境になるほど冷静になるはずの董胡だったが、レイシだけは例外のようだ。

その手が自分に触れていると感じるだけで、体が震え熱いものがこみ上げてくる。

「立派な薬膳《やくぜん》師になったたな、董胡。私も帝《みかど》も、そなたに救われた」

「い、いえ……。私など……滅相もございません……」

レイシの言葉一つ一つに感動して涙が溢《あふ》れそうになる。

「顔を上げて見せてくれ。そなたの真っ直ぐな目をよく見たい」

「………」

董胡はゆっくりと顔を上げてレイシに視線を合わせた。

目が合うだけで体中の血が沸騰して暴れているような気がする。

「変わらない。そなたは変わらないな、董胡。あの頃と変わらず澄んだ良い目をしている」

「レイシ様……」

「なぜだろう。そなたの目を見ていると、どんな無謀な夢も希望も叶《かな》いそうな気がしてくる。私を前に進ませるのはいつもそなたなのだ。不思議な縁《えにし》を感じる」

「勿体《もったい》ないお言葉でございます……。恐れ入ります」

レイシは、ふ……と笑った。

「ずいぶん堅苦しい言葉を覚えたたな。五年前は自分のために生きろと私に命じた少年が」

「め、命じるだなんて、そんな畏《おそ》れ多いこと……」

よくよく考えてみれば十二歳の子供だったとはいえ、当時の皇太子にずいぶん失礼なことを言ったものだ。

「ふふ。いいのだ。そなたの言葉が私の命をここまで繋《つな》いでくれた。私を必要としている少年がいるということが、どれほど心の支えになったことか」

「私も……私もいつかレイシ様の専属薬膳師になることを夢見て、ここまで頑張ることができました」

レイシに出会わなければ、女でありながら医師免状を取ろうともしなかっただろうし、今頃は村の誰かと結婚して子供を産んでいた人生だったかもしれない。

「そなたを専属薬膳師に迎え入れたい気持ちは今もあるが、玄武のお后様《きさき》のお気に入りのようだからな。此度《こたび》の活躍を考えてもそなたはお后様の懐刀《ふところがたな》のようだ。私の側に置けぬのは残念だが、これからもこうして会う機会も作れるだろう」

「は、はい！　御用があればいつでも申し付け下さい！　何をおいても駆けつけます！」

そのために王宮から逃げ出すこともなく鼓濤としてここにいる。

最初嫁いできた時は王宮から逃げ出すことなど不可能に思えたが、今では董胡さえその気になればいつでも逃げることが出来る。今回の朱雀の任務だって、放棄してそのまま逃げることだって出来た。

だが王宮にレイシがいる限り、レイシが帝である限り、董胡は鼓濤として王宮に残る。

そう決めていた。

「そうきっぱり言い切ってしまっては玄武のお后様が気を悪くなさるだろう」

その后が自分なのだから問題ない、と言いたいがそれは出来ない。

「お后様はそなたがいなくて寂しい思いをされたのではないか？　困っておられなかっただろうか？」

レイシはあくまで神官の立場として鼓濤を気遣った。

「はい。大丈夫です。レイ……み、帝の御用であればいつでも貸し出すとおっしゃって下さいました」

「そうか。お優しいお方のようだな」

ふと、レイシの視線が董胡に対するのとは違う温かさを含んだ。

鼓濤の話をする時のレイシの目は、董胡に対する優しさと違う甘い温《ぬく》もりを持つ。

こんなとき董胡は馬鹿馬鹿しい話だが、少しだけ鼓濤に嫉妬《しっと》してしまう。

鼓濤も自分であるというのに、我ながら変な感情だった。

「帝も、朱雀の後始末が終わったら玄武のお后様に改めてお礼に行くとおっしゃっている。お后様にもそのようにお伝えしてくれ」

「はい。分かりました」

レイシは、本当は自分ではなく鼓濤に会いたいのではないかと思うと、何か釈然としない寂しさのようなものを感じてしまう。

もし今、鼓濤が董胡だと知ったらレイシはどうするだろうか。

男の医官のふりをしてレイシに会う董胡にも、レイシの正体を知りながら后のふりをして帝に会う鼓濤にも、騙《だま》されていたのだと失望するだろう。

いつか必ずその日は来る。

それはきっと菫胡がレイシの側にいられる最後の日になるだろう。

出来ることなら、その日が来るのを少しでも先延ばしにして、レイシの側にいて力になりたい。

菫胡が望むことはそれだけだった。

◆

それぞれの想いが錯綜《さくそう》しながらも、王宮にはしばしの平安が戻った。

いや、水面下では新たな事態が動き出そうとしていた。

朱雀の后宮で、今回の働きを労《ねぎら》うためにやってきた帝に、朱璃は一つ願い事をしていた。

「捜して欲しい人？」

黎司は聞き返した。

朱璃は御簾《みす》の中で頭を下げ、告げた。

「はい。幼い頃の思い出の女性なのです。この朱雀の后宮に住んでいたようなのですが、当時の名簿も日誌もすべてなくなっていて、こちらでは手がかりが見つかりませんでした。皇帝陛下がお持ちの膨大な資料ならば何か分かるのではないかと思いまして」

「ふむ。后宮の名簿ならあるはずだ。調べさせてみよう。それで捜して欲しい者の名は？」

帝の問いに朱璃は答えた。

「とうれい……と言います」

そして同じ頃、后宮の鼓濤のもとに一通の文が届いていた。

「な、なんということでしょう、恐ろしや……」

「なぜ今頃になって急に……」

それはずっと無視されていた皇太后からのものだった。

「今度、二の后宮でお茶会が催されるらしい。そこで挨拶《あいさつ》を受けると書いてある」

今まで散々無視を貫いてきたというのに、どういう風の吹き回しだろうか。その上……。

「玄武公と華蘭様……それに雄武様までおいでになるらしい」

「ひ、ひいいい。恐ろしや、恐ろしや。ああ、眩暈《めまい》が……」

今にも卒倒しそうな壇々と違い、茶民は目を輝かせた。

「まあ！　雄武様も？　万が一にも見初められる可能性もあるわよ、壇々！」

「茶民ったら、それよりも華蘭様に会う方が恐ろしいわよ」

「あら。今では皇帝の一の后である鼓濤様の方がずっと身分が高いのよ。恐れることなんてないわよ」

強気に言い放つ茶民だったが、董胡も嫌な予感しかしない。

（雄武様……。一の后・鼓濤が、麒麟寮の董胡だと聞かされているのだろうか？）

男装の医生、董胡として会ってきた人間に鼓濤として会うのは初めてのことだ。

出来れば一生会いたくない相手だった。

（女装する私を見て、笑いものにするつもりなのか）

それ以外に、わざわざ雄武が后宮のお茶会に顔を出す理由が見つからない。

（なるべく扇で顔を隠して、素知らぬふりをするしかないか……）

董胡は文をたたみ、大きなため息をついた。

しかし、事態は董胡の予想を裏切り、思いがけない方向へ進もうとしていた。

誰も想像していない波瀾《はらん》の未来が……粛々と待ち構えていた。

本書は書き下ろしです。

皇帝《こうてい》の薬膳妃《やくぜんひ》
朱雀《すざく》の宮《みや》と竜胆《りんどう》の契《ちぎ》り
尾道理子《おのみちりこ》

令和4年 4月25日 初版発行
令和6年 10月30日 11版発行

発行者●山下直久

発行●株式会社KADOKAWA
〒102-8177 東京都千代田区富士見2-13-3
電話 0570-002-301(ナビダイヤル)

角川文庫 23158

印刷所●株式会社KADOKAWA
製本所●株式会社KADOKAWA

表紙画●和田三造

●お問い合わせ
https://www.kadokawa.co.jp/ (「お問い合わせ」へお進みください)
※内容によっては、お答えできない場合があります。
※サポートは日本国内のみとさせていただきます。
※Japanese text only

ISBN 978-4-04-112488-8 C0193

角川文庫発刊に際して

角川源義

第二次世界大戦の敗北は、軍事力の敗北であった以上に、私たちの若い文化力の敗退であった。私たちの文化が戦争に対して如何に無力であり、単なるあだ花に過ぎなかったかを、私たちは身を以て体験し痛感した。西洋近代文化の摂取にとって、明治以後八十年の歳月は決して短かすぎたとは言えない。にもかかわらず、近代文化の伝統を確立し、自由な批判と柔軟な良識に富む文化層として自らを形成することに私たちは失敗して来た。そしてこれは、各層への文化の普及滲透を任務とする出版人の責任でもあった。

一九四五年以来、私たちは再び振出しに戻り、第一歩から踏み出すことを余儀なくされた。これは大きな不幸ではあるが、反面、これまでの混沌・未熟・歪曲の中にあった我が国の文化に秩序と確たる基礎を齎らすためには絶好の機会でもある。角川書店は、このような祖国の文化的危機にあたり、微力をも顧みず再建の礎石たるべき抱負と決意とをもって出発したが、ここに創立以来の念願を果すべく角川文庫を発刊する。これまで刊行されたあらゆる全集叢書文庫類の長所と短所とを検討し、古今東西の不朽の典籍を、良心的編集のもとに、廉価に、そして書架にふさわしい美本として、多くのひとびとに提供しようとする。しかし私たちは徒らに百科全書的な知識のジレッタントを作ることを目的とせず、あくまで祖国の文化に秩序と再建への道を示し、この文庫を角川書店の栄ある事業として、今後永久に継続発展せしめ、学芸と教養との殿堂として大成せんことを期したい。多くの読書子の愛情ある忠言と支持とによって、この希望と抱負とを完遂せしめられんことを願う。

一九四九年五月三日

皇帝の薬膳妃

紅き棗《なつめ》と再会の約束

尾道理子

〈妃《きさき》と医官〉の一人二役ファンタジー！

伍尭國《ごぎょうこく》の北の都、玄武《げんぶ》に暮らす少女・董胡《とうこ》は、幼い頃に会った謎の麗人「レイシ」の専属薬膳師になる夢を抱き、男子と偽って医術を学んでいた。しかし突然呼ばれた領主邸で、自身が行方知れずだった領主の娘であると告げられ、姫として皇帝への輿入れを命じられる。なす術《すべ》なく王宮へ入った董胡は、皇帝に嫌われようと振る舞うが、医官に変装して拵《こしら》えた薬膳饅頭が皇帝のお気に入りとなり――。妃と医官、秘密の二重生活が始まる！

角川文庫のキャラクター文芸

ISBN 978-4-04-111777-4

ISBN 978-4-04-109185-2

後宮の検屍女官

小野はるか

ぐうたら女官と腹黒宦官が検屍で後宮の謎を解く!

大光《だいこう》帝国の後宮は、幽鬼騒ぎに揺れていた。謀殺されたという噂の妃の棺の中から赤子の遺体が見つかったのだ。皇后の命で沈静化に乗り出した美貌の宦官・延明《えんめい》の目に留まったのは、居眠りしてばかりの侍女・桃花《とうか》。花のように愛らしいのに、出世や野心とは無縁のぐうたら女官。そんな桃花が唯一覚醒するのは、遺体を前にしたとき。彼女には検屍術の心得があるのだ——。後宮にうずまく疑惑と謎を解き明かす、中華後宮検屍ミステリ！

角川文庫のキャラクター文芸

ISBN 978-4-04-111240-3